历岁讴吟集

LISUI OUYINJI　陈旭／著

海峡出版发行集团｜福建人民出版社
THE STRAITS PUBLISHING & DISTRIBUTING GROUP　FUJIAN PEOPLE'S PUBLISHING HOUSE

图书在版编目（CIP）数据

历岁讴吟集/陈旭著. --福州：福建人民出版社，2019.8

ISBN 978-7-211-08162-2

Ⅰ.①历… Ⅱ.①陈… Ⅲ.①诗词—作品集—中国—当代 Ⅳ.①I227

中国版本图书馆 CIP 数据核字（2019）第 161461 号

历岁讴吟集

LISUI OUYINJI

作　　者：陈　旭
责任编辑：余祥草
出版发行：福建人民出版社　　电　　话：0591-87533169(发行部)
网　　址：http://www.fjpph.com　　电子邮箱：fjpph7211@126.com
地　　址：福州市东水路 76 号　　邮政编码：350001
经　　销：福建新华发行（集团）有限责任公司
印　　刷：福州万达印刷有限公司
地　　址：福州市仓山区金山橘园洲工业园台江园 17 栋
开　　本：700 毫米×1000 毫米　1/16
印　　张：21.75
字　　数：224 千字
版　　次：2019 年 8 月第 1 版　　2019 年 8 月第 1 次印刷
书　　号：ISBN 978-7-211-08162-2
定　　价：48.00 元

本书如有印装质量问题，影响阅读，请直接向承印厂调换。

祝贺陈旭《历岁讴吟集》出版

岳宣义

一

历岁讴吟韵远扬，桃红李白霜菊黄。
精妍一卷花争放，清馥殷殷弥锦章。

二

诗家茹苦乐耘耕，细琢精雕眷眷情。
今古荣枯多少事，浓绵墨馥俊句萦。

三

讴吟不倦付真诚，韵里春秋情愫清。
欣把毫端浓烈墨，拳拳着意写苍生。

2019年8月1日

（作者系中国人民解放军少将，现任中国法律援助基金会会长、中国法治文学研究会会长、中华诗词学会名誉顾问。）

花香水碧衍娇妍

——序陈旭《历岁讴吟集》

蔡丽双

陈旭诗词家的人生历程是一步一个铿锵的脚印走出来的。他毕业于北京政法学院（今中国政法大学），长期从事工业、公安、法院工作。他干一行爱一行，把全部精力投进了工作，因而做出了显著的业绩。最后，他从福建省高级人民法院院长的位置上退休。他工作游刃有余，赢得了载道的好口碑。

陈旭对文学的兴趣很浓厚。业余时间，他孜孜不倦地学习中国和世界名著，学习古典诗词，因而他博学多才。中学时他便开始文学创作，撰文写诗，作品散见于海内外多种报刊。退休后，更雕龙琢玉，写了很多中华诗词，连续出版了《天涯芳草》《天地和鸣》《履痕吟草》《庭外松风》《观森品峻》《纵横千山》《旭光兰馨》等诗词专著。今又结集出版诗词专著《历岁讴吟集》，可谓一发不可收。

“诗词盈卷阐真知，灼见氤氲艳万枝。状物萦情扬国粹，人生精彩墨香驰。”这是我祝贺陈旭即将出版的《历岁讴吟集》的一首七绝。我喜见陈旭《纵横千山》和《履痕吟草》

以中英对照形式出版，《天地和鸣》又以希腊文、中文对照形式出版。更可喜的是他的《纵横千山》荣获希腊国际作家艺术家协会（ISGWA）颁发的“2007年度国际文化文学艺术奖”。他现为中华诗词学会会员、中国楹联学会会员、中国楹联学会中华对联研究院研究员。另外，他还著有《辨法论治》一书，可谓成绩显著。

陈旭深谙诗词属于精神领域的东西，有着巨大的能动性，能对物质世界产生一定的影响和作用。正如当代诗词理论家赵京战在《美化生活》一文中所说：“诗可以美化生活。人有了诗心，得了诗意，入了诗境，人就生活在美的境界当中，他便真正体会到精神之美好、大自然之美好、社会环境之美好，进而体会到人生之美好。”这就是诗作为精神产物对物质世界所起的作用。所以陈旭诗词家着力撰写诗词，正是他心中对诗词的作用，有着衷诚的仰慕。

陈旭每到一个地方，眼睛所观察的事物，往往都能触发他的灵感。于是，他诗情勃发，欣然命笔，写下了许多诗词。诗句像琤琮流泉，从他的笔下滔滔涌出，可阅可读，可咏可吟。

陈旭的脚迹遍及海内外许多地方，每到一处，他都细致地观察人与事，甚至一木一卉，他都没有放过，加上他善于寻幽探古，因而他的诗词数量可说是繁多。他把经历之事，写成诗词。这本诗词专著命名为《历岁讴吟集》，非常恰当。陈旭畅游了长江三峡，写下了《三峡新吟》，诗曰：“一泻奔涛万里烟，千年谁主大江天？神工劈峡流惊险，绝唱裁波缔史篇。辈出贤才谋远略，招来巧匠锁深渊。猿声断去鸣舟笛，巫女瑶姬喜拨弦。”此诗主要写出了治理三峡之艰辛壮举。诚如我对陈旭诗人的赞赏：“平生喜唱大江东，勇毅高擎吟旆红。茹苦精雕求句俊，经纶满腹志恢崇。”

陈旭热爱祖国和人民，热爱党与兴国勋业。在纪念中国共产党建党 95 周年之际，他满怀激情地写了《峥嵘岁月》一诗，诗曰：“一叶红船破浪行，终成巨舰万涛耕。争流瀚海千帆争，不息航程又远征。”此诗把党 95 年来艰苦而又卓绝的奋斗历程，通过艺术语言娓娓道出：从“红船”到“巨舰”，继而带出千帆争流，而又不息航行，继续远征。

改革开放，给中国带来了翻天覆地的巨变。在党的领导下，中国人民与世界各国人民也加强了联系与合作，取得了双赢。陈旭欣喜地看到了这点，在中国 2010 年上海世博会之际，他命笔写道：“世博期逢百岁赢，精华荟萃五洲情。术研沪上文明美，合作和谐科学城。”

写诗词是一种硬功夫。诗词首先要符合格律，平仄、押韵、对仗，都要精雕细琢，一点也不能马虎苟且。进一步讲，诗艺要求更高，要做到反复推敲与“淬火”，方能出佳作精品。首先，诗词的语言要美，其次，做到审美移情，有道是“吟妥一个字，捻断几根须”。

所以，我们企盼诗友们互相促进，不懈努力，不仅求数量，更要求质量。

我对陈旭诗词家这本《历岁讴吟集》总的印象是：“岚秀山青铺锦绣，花香水碧衍娇妍。”是真诚的策励，是发自内心的期待。

为此，我填了一阕我自创词牌、自定词谱的《曼丽双辉》，词曰：

征途留履印，
煌煌一卷响清音。
花繁卉馥，
寻幽探胜，
衷情处处讴吟。
境美还须霖露润，
情真更遣墨香侵。
胸中悬日月，
龙腾虎跃马骎骎。

雄关荡意，
要塞驰心。
林翳芸笺绿染，
脚步铿锵证古今。
浩淼波涛涌，
涤出好光阴。
慎道严求言语妙，
怀悰切，
共勉谆谆戮力共追寻。

愿以这阕词与陈旭诗家共勉，衷心地祝福他不断攀登新的诗词高峰！

是为序。

2019 年 7 月于香港文联

（作者系香港文联主席，中华诗词学会常务理事。）

自　序

我自小对诗词和历史情有独钟，对我国古体诗词、新诗、外国诗均有兴趣。初、高中时，写作文常以诗作交卷。大学毕业后，工作繁忙，经常出差，在车船上、飞机上凡遇触景生情之事，便在随身携带的小本本上，用诗词写一些初稿，多数诗作皆发兴于实地考察，并阅览有关资料，然后斟酌韵句。

退休前后，开始整理那些“小本本”。陆续出版了七集，即《天涯芳草》《纵横千山》《履痕吟草》《天地和鸣》《庭外松风》《观淼品峻》《旭光蘭馨》，被译成英文两集、希腊文一集。其中，中英对照诗集《纵横千山》获希腊国际作家艺术协会（ISGWA）颁发的2007年度国际文化文学艺术奖。

写诗虽非专业，但人生路却如北宋大诗人晏殊所云：“昨夜西风凋碧树，独上高楼，望尽天涯路。”在浩瀚的典籍中徘徊斟酌，虽非个人能企，但“天涯路”可使境界运生，故拙作虽非完全合规适律，仅抒志意及“尽”能而已。

对中华民族悠久历史文化和文明的传承；对我国各族人

民在历史上为国家、为世界作出辉煌贡献者；对近代史上外国入侵造成的民族屈辱、国土沦丧、人民遭难的反思；对那些为捍卫民族尊严和领土完整的前辈及英勇殉国的先烈们；对各个历史时期作出过重要贡献的政治家、思想家及杰出的科学家、文人学者；对为国家强盛繁荣、不断提高国际地位的党和国家领导人；对“一带一路”宏伟的构思决策的深远谋略；对我国外交、军事实力的日益提升，航天航空事业做出的壮举；对在奥运会上争金夺银的体育健儿；对多姿多娇的大好河山、名木古树、鲜花异草；对扶贫关爱，等等，都是我魂牵梦绕琢磨韵律的题材。为纪念中国共产党诞辰80周年和95周年，我分别写了韵史长律诗《沧桑路》《复兴路》，还写有《武夷双遗歌》《齐鲁人杰赋》《金陵风烟》《万里长城》《过徐州》《念奴娇·徐州感怀》《元上都遗址歌》《走进鞍钢岁月》《多伦史话》等感思。

诗词不仅可以抒情、写景、记事，也可以发议论，史情与议论兼容并蓄，实与虚力揉其中。自先秦两汉以“诗言志”为主线，至清代一些学派提出“意内言外”以缘情的形式寄托言志，皆意在诗人对世事的变换和人生的感悟超然于外，既能写真，又能脱俗，来自生活，又高于生活。

如，在《齐鲁人杰赋》中，“虚”以“千古风流文采萃，辉煌出类史多章”后，韵“实”于齐鲁历史上17位文儒学者、军事人才、巨匠精工、名医、书画大家、抗倭英雄人物，最后归论于“长河涌动名俊杰，兴学齐鲁育德彰。”

又如，在《长歌诸葛亮》中，赞其“如梅万世香常在，汉史沧桑有几名”，叹其“三分未统势违行”而难酬其志。徐州是我国历史上兵家必争之地，有夺其地决定成败之说。《徐州怀古》在写地形扼南北之险隘之“实”后，议“争斗千秋月，胜家得定天。纵观成败业，命线众心牵”，赞叹于得民心得天下的历史规律。

怀古思今　以史为鉴

我先后参访北京、郑州、西安、台北等多地历史博物馆（院）和拜谒陕西黄帝陵历史纪念场所，对历史记载有了新的感悟。即兴写了一些诗，其中数句咏叹道：“拒象开中原，炎黄始祖篇”，“群雄百帝烟”，“聚众服群贤”，“一统九州天”，此乃“图强似涌泉”（《中原怀古》《谒黄帝陵》）。

退休后，又去西安、洛阳、开封、银川、大同、锡林郭勒、哈尔滨、沈阳等地寻觅秦汉、唐、北宋、西夏、北魏都城遗址，多为空残无物，有则为荒垣土墩。秦阿房宫、汉唐长安、北宋开封、西夏故都均毁于战火。金代初都阿城、元上都都只剩荒草残砖，人无地野，目不忍睹。惟元明清三朝古都北京幸存。国民党败退台湾将北京故宫文物带走 65 万多件，占台北故宫博物院藏品近 93%，形成南北两个故宫。近百年来，中华文物大量流失海外。1949 年北京和平解放，中国共产党和毛主席的英明决策使北京得到完整保护，这是中华民族史册上辉煌的一页。我于 1994 年访问巴黎时，看到卢浮宫、凡尔赛宫建筑完好，名画齐全，甚是感叹。惜我北京故宫、圆明园等名胜惨遭西方列强抢劫、焚烧，大批文物流落海外，有些还被公开拍卖。思绪万千，我写下了：“履觅沧桑处，灰飞究于谁？”“梳史细沉思。”（《元上都遗址思歌》）“不堪秦汉似，更悲唐宋伤。唯存北京在，旷古圈明章。”（《参访锡林郭勒博物馆及元上都遗址展馆感思》）

瞻前辈之光辉　仰现代之楷模

对我国历史上的杰出人物，包括帝王将相、思想家、诗人和学者，我常感怀思绵。现代优秀人物，包括在基层默默无闻奉献一生的实干者，我也总想写一笔，他们在历史舞台上不可或缺。我的诗作，有颂扬炎黄始祖、周文王、秦始皇、诸葛亮及王昭君、韩愈、杜甫、岳飞；有歌颂周恩来、陈毅、叶剑英、钱学森、任继愈、季羡林、袁隆平、王进喜、郎平等人物；还有称颂陶瓷大师柯宏荣、内蒙草原上蒙古族老干部阿拉木沙和福建谷文昌、廖俊波等。如，“无声恰胜有声闻”（《廖俊波》）；“江河不息千年过，岁月难忘史绩功”，“辈出名流家国范，吟知迭起思驰新”（《乌镇》）。所写诗词，仅表敬意和弘扬。在中华民族浩瀚的历史长河中，为民族、为国家作出过贡献的人物，浩如烟海，所写人物仅是沧海一粟，且颇难准。

国土沦丧　奇耻难忘

从 19 世纪中叶开始，中华民族遭西方列强宰割瓜分，夷旗四插，民遭屠虐，满目疮痍，中国一步步沦为半殖民地。17世纪中叶到18世纪，沙俄帝国侵吞我大片国土，国人惨遭杀戮，黑龙江尸堵血溢，马克思、恩格斯、列宁称之为“最野蛮的行为”。我站在祖国西北、北部、东北的边境上，遥望被占的大片国土（新疆霍尔果斯口岸对面的楚河流域就有50多万平方公里），涕泪俱下，愤然写下：“泣望故园隅……历朝州府署，代代守疆图。……李白能知否，硝烟失三湖。”（《霍尔果斯口岸》）

到访内蒙古中俄边境的额尔古纳河、满洲里等处，写下“天骄故里河”，“大汗如问此，沙俄割两家”。去黑龙江中西部，写有《海兰泡》《黑河》《雅克萨之战》《北陲漠河哨所》等。在黑龙江边遥望对岸历史上被沙皇侵占的尼布楚、雅克萨，写下“沉立江边多冷意”，“往事难眠耻辱寒”；“边疆万里飞刀血”，“倾城殉国惨长眠”；“风烟泪迹伤疤在，切莫风和忘雨天”；愿我边防将士“忠诚誓守不离鞍”。

2009年、2016年、2019年我先后去山东威海刘公岛、辽东旅顺口寻踪甲午中日海战风烟处。刘公岛甲午战争展览馆资料显示，1894年的甲午战争是日本军国主义发动的侵华战争，由于清政府腐败无能，加上海军纪律涣散，无严格训练，经费严重不足，海军军费被挪用于慈禧六十寿费，北洋水师还经商营私，战争爆发后指挥迟缓不当，导致号称“亚洲第一”的北洋舰队全军覆没。清朝战败，割地赔款，这是我国近代史上巨大的民族耻辱。沉痛的教训必须永远记取，让我们时刻警惕日本军国主义的复活。我写下：“不息怒涛甲午年，今观败迹百思绵。威扬舰上无严训，贪吏离船少练鞭。误国丧权君腐败，坚贞守域士忠贤。浪腾又起千重外，风雨东来欲变天。”（《访威海刘公岛》）

港澳回归　盼两岸统一

1997 年 7 月 1 日，香港回归祖国，写有《香港失归记》，摘几句：“赔银割地失权时”，“年年泪断罗湖恨，岁岁言宣抗帝辞。海上来兮归海去，中华洗耻送英夷”。

1979 年、1980 年我在晋江金井、围头和厦门鼓浪屿隔岸遥望金、澎、台，写有《望归曲》《琴岛听琴》《桥思》：“滚滚春江东逝海，茫茫碧水拥澎台。卷涛悲奏离愁恨，母听涛声疑子来。”“四十四桥沧海头，离人望断碧波愁。亲情似水刀难割，海峡奔流不可收”。2010 年，经批准我去台访问，重温台湾的历史，感受宝岛的山水风景、风俗民情，一气呵成 28 首。摘其中几句：“一水天涯六十年，今飞片刻思相联”，“入地如归会众宗”，“不断亲缘万古绵”。“东风不误沧桑变，古渡重开手足归”。“人间自古多分合，莫将亲情负众违”。

诗文出自灵感　景物蕴含诗意

生态、环境、山河、花木、见闻，皆可为诗人抒情言志之题材。诗人有一种特质，即在触景生情的瞬间捕捉到灵感而酝为诗文，且常常是“妙手偶得之”，竟成千古绝唱，如刘嗣绾的“一折青山一扇屏，一湾碧水一条琴”；叶绍翁的“春色满园关不住，一枝红杏出墙来”；李白的“朝辞白帝彩云间，千里江陵一日还。两岸猿声啼不住，轻舟已过万重山”；毛泽东的“北国风光，千里冰封，万里雪飘，望长城内外，惟余莽莽”，“江山如此多娇，引无数英雄竞折腰”，“已是悬崖百丈冰，犹有花枝俏。俏也不争春，只把春来报”。佳句无数，不胜枚举。

祖国大好河山，我到过天山、昆仑山、火焰山、黄山、泰山、庐山、井冈山、黄岗山、玉山（台湾）等，均有感怀，亦有粗略所作。其中多首被一些报刊登载。如五言长律《天山》：“一峙开南北，骄横万里烟。霄锋莹积雪，映岭射云边。七万冰凌柱，条条玉龙旋。夏融流地溢，润物两盆鲜。碧澈天池水，飞瀑彩练悬。纵倾沧海墨，神态状难全。”又如《登黄岗山》：“跃上千峰迭，身浮雾幻中。仰天三尺近，俯首万山重。”

古今咏梅诗甚多，赞叹梅花凌寒不惧，独花报春。我试咏 20 多首，唯恨功力不济，难言意境，自勉自乐而已。摘几句寻师指点：“百卉丛中嫩叶梅，春秋斗艳不争魁。寒风舞雪花纷谢，铁骨幽香笑傲开。”“飞雪凌风傲骨苔，万花纷谢雪成灾。枝枝点点羞红露，敢向冰崖破寂开。”

水仙花亦然，水仙奇在茎包洁白，寒冬养于清水，数日长出绿叶，春节前盛开，满屋清香顿生春意，真是“碧水冰肌结美姻，隆冬腊月孕香神”。

兰花清雅气秀且幽香袭人，藏谷自芳而脱俗不庸。我常年种养以赏其姿，写有多首，略摘几句：“幽溪峭壁气生兰，剑叶多姿国色妆。露润肌茎青帐下，风云变幻自芳香。”“若问高山流水处，兰园无愧是琴台。”

菊花多于晚秋之际迎霜开放，人称晚节花。2009年10月在开封赏菊展（开封是自北宋以来种植菊花的传统城市），写有：“中原十月西风冷，阔野千秋故国葩。城满秋霞娇玉嫩，疑为春日岭南花。”“云霞万朵秋霜杰，……寒英傲笑露心华。”“三秋花尽少，敬汝与霜知。”

古往今来，竹子被诗人咏寓其节直君子之心，有“宁可食无肉，不可居无竹”之美誉。唐朝诗人刘禹锡作《庭竹》：“露涤铅粉节，风摇青玉枝。依依似君子，无地不相宜。”李白赞竹：“不学蒲柳调，贞心常自保。”（《慈老竹》）我观竹生情而作《咏竹》：“烈日凌云自有神，霜天垂俏更稀珍。株株拔地冲霄志，叶叶飘柔不染尘。”

对岁寒三友我也曾试赞：“年增竹节自成材，铁骨香梅雨雪来。致远坚心千里近，悬梁锥股苦成才。”“骄阳普照千山绿，明月增辉万象新。”“同山松竹多和气，共苑梅兰彰品高。”

对楹联我也有浅墨，如“云横万岭峰如黛，日坠千江水似霞”，“青山不语千秋韵，绿水无声万古图”，“青山永绿千年树，博学才流万卷书”等。

在《历岁讴吟集》出版之际，我把以往写诗的取材、感悟等做些梳理和说明，代为序。因才疏学浅，有爱好而不尽人意。

我特别感谢国家一级作家、文学博士、中华诗词学会常务理事、香港文联主席蔡丽双的鼓励斧正！感谢作家、评论家、《中华诗词》副主编丁国成，中国作家协会会员、评论家、上海同济大学等院校特约研究员汪义生和诗词、书法大师赵玉林的指教！也感谢福州三山诗社社长李林洲诗家的教正。也感谢我的夫人凌琴兰、晚辈陈永华和同事王宝琴等人的帮助。

是为自序。

2017 年 6 月 28 日于福州

2018 年 9 月 28 日修改

目录

第一辑 初心风云

辑首诗语

惊雷轰碎旧容残，勇立潮头救疾寒。
大道初心金石志，幽灵苦海卷帆澜。

春江万古流

——纪念马克思诞辰 200 周年

莱茵春水万年流，卡尔鲜妍两百秋。
故地常迎寻义客，生园众聚觅除愁。
倾心解放全人类，矢志攀登百姓求。
启迪时空无限远，腾涛推浪导航舟。

百载沧桑大浪淘，风云欧亚弄潮高。
夜眠辗转明灯照，晨晓纵横雨润劳。
探析知资深奥秘，求消破解绝残豪。
红流激卷全球烈，虽曲无回毅赴滔。

2018 年 5 月 4 日

满江红

——访《共产党宣言》诞生地[1]。1995年7月22日写于法国。现修改，以纪念《共产党宣言》诞生170周年。

一个幽灵，徘徊着、全欧惊切。宣言呐、权归无产，五洲风烈。暴力推翻旧制度，砸开锁链政权迭。发抖怒、鬼魅集同盟，神圣铁。

高歌进，巴黎血[2]；冬宫胜[3]，红旗列。百年深巨变，对垒营决。数页犹强千卷著，斗争归结人民悦[4]。曲时潮、万里折东流，环球热。

【注】①《共产党宣言》诞生地：即比利时布鲁塞尔广场白天鹅饭店。1847年12月—1848年1月，马克思与恩格斯在白天鹅饭店合作撰写了《共产党宣言》，1848年2月第一次出版，一经问世，即震动了全世界。②巴黎血：指1871年3月18日的巴黎公社工人运动，3月28日，世界上第一个无产阶级政权——巴黎公社建立。5月28日遭到资产阶级残酷镇压而失败，巴黎公社存在72天。马克思认为，巴黎公社运动，是对共产主义理论的一个有力的实践证明。③东宫胜：1917年10月，在马克思理论指导下，列宁领导了俄国十月革命，由工人阶级和起义的武装士兵组成的队伍，在东宫推翻了沙皇的反动统治，建立了苏维埃无产阶级政权，十月革命伟大实践证明了马克思主义理论的伟大胜利。④人民悦：恩格斯指出，马克思革命的一生，为解放全人类，为此“斗争是他的生命要素”。

浣溪沙·使命

忆旧神州魔鬼残，
黎民泪洒陌阡寒。
红船帆起破重澜。

万里中华烽火灭，
千秋使命庶民欢。
宏图漫道莫离鞍。

南湖“一大”纪念船

万里风烟万里云，江山破碎漫夷军。
开天辟地红旗卷，从此扬帆拨乱纷。

1994 年 5 月

访南昌“八一”起义纪念馆

蒋汪叛变国难时，中共临危举义旗。
杀敌成军开血路，枪杆夺权铁流师。

2018 年 10 月 10 日

访井冈山

遥忆红流井冈融，暖舒百姓沐春风。
罗霄日出东方亮，华夏救星毛泽东。

茫茫劲竹连天碧，万仞苍松陡峭枫。
飞瀑峰峦千尺碧，潺泉鹃谷百山红。
巍绵粤赣群岩秀，岭接湘南磅礴雄。
气吞山河丹史月，曙光腾起染江东。

黄洋界

黄洋界上雄炮屹，犹见当年战火烟。
歼敌威镇南赣地，红旗漫卷井冈天。

谒红军烈士纪念碑

南昌起义秋收兵，云聚青山尽锐英。
鏖战军民飞血处，酬来壮志九州明。

红军医院访思

抗暴从红战地残，治伤待复斗敌顽。
转移殉难英灵在，已缚苍龙慰君安。

井冈笔架山

葱茫碧海傲南天，磅礴飞龙白练悬。
万壑鹃红春尽染，千峰蕙沁夏清泉。
枫霞翠竹秋叶彩，皑雪冬霜白玉绵。
四季幽兰香气溢，江山胜画慕先贤。

2018 年 10 月 12 日

闽赣中央红色苏区行吟

我于2018年7月20—25日，再次前往红色中央苏区谒仰，感怀初心，激励使命，时年77岁。

我们这一代人，是从无数革命先烈用鲜血浇润的土地上成长起来的。根是红的，叶是绿的，结出来的果是甜的，这个果实应该奉献给工人、农民和无数默默无闻为国家创造实体经济的专家、勇立国际尖端技术领域的科学家、强大的人民军队，而不是利用国家资源养肥自己、做利欲熏心之人。

红色苏区革命事迹是警钟，是灵魂，是催生初心的妙方。它激励我们一代一代人走向理想的目标——共产主义。

现触感吟诗数首，以共勉。

长汀红色古城

岁月烟尘绽史华，贫寒思变起农家。
红流席卷创新政，揭竿如潮灭腐衙。
建党增军民意切，施权练武主人嘉。
疑为上海繁华市，万象更新战地花。

谒仰瞿秋白烈士纪念园

危峰翠柏屹碑雄，肃立园前谒鞠躬。
济世投身无产者，寻真赤胆马列通。
瑞金倾注排民苦，客地忠贞救世穷。
昂首高歌惊宇节，长虹化作曙光东。

敬谒何叔衡烈士纪念碑（二首）

风雨湘江天地空，从戎弃笔救民穷。
南湖宗旨催征路，闽赣初心大局翁。
敢作叶坪惩腐败，欣然沙坝治金融。
梅迳遭敌殉难义，碧血流汀染水红。

驱暴投红气势雄，为民近甲一身躬。
闽山赣水酬宏志，立马沙场一代功。

红都瑞金感吟

寻根当记初心志，使命征程拨雾明。
建党为民担道义，筹军杀敌护苍生。
红都新政民权立，南国红区废旧令。
旭日腾空光四海，旌旗插遍九州城。

沙洲坝

红流圣地谒沙洲，访众寻源觅水头。
昔日红都英气在，传承使命鼓声稠。

红军烈士纪念塔

战地凝红沃土稠，丰碑高耸白云头。
雄师踏血苏区别，杀敌霜程万里收。

红　井

红井甜泉客渴尝，心生暖意晓今香。
难忘挖井功存世，永记为民万载长。

中央局圣址

雄楼古朴清风在，立国源头圣地开。
帷幄灯明辉济世，将台鼓响出征雷。
苍樟树下思宏略，石桌图中觅伏摧。
胜迹如存金玉卷，毋忘家国哪方来！

叶坪古香樟记忆

苍劲百春樟，株株沁脾香。
当年系战马，更记凯旋昂。
巨树今犹健，红楼仍奕彰。
长虹飞万里，彩练舞斜阳。

【注】1931年9月至1933年4月，瑞金是中央苏区政治、军事中心。期间成立了中华苏维埃共和国临时中央政府，选举毛泽东为政府主席，毛主席的称呼从此开始叫起。毛主席在古樟树下读书报、写文章、思宏略。

古田会议

——纪念中国人民解放军建军 80 周年

风云变幻何方去，破碎山河谁救亡？
内战夷侵民血泪，纷争厮杀九州霜。
江山代有群英出，闽赣飞红北斗光。
党纪军魂明路行，披靡所向远征昂。

长汀红色经典

雪舞凌空花色尽，寒梅红土孕催开。
汀江骤雨云天怒，客地翻腾起蛰雷。
星火燎原燃万里，新权雨笋遍乡埃。
男儿许国潮头立，铁骨铮铮屹史台。

2016 年 10 月

闽西儿女长征路

战略转移不畏难，投红十万沥忠肝。
先锋夺隘开危境，后卫横关阻敌顽。
喋血湘江惊鬼泣，飞桥大渡震崖湍。
忠魂染碧千山雪，留得丹心照史坛。

【注】1934 年 10 月，8 万多红军开始长征。担任后卫的红 34 师 6000 多人多为闽西子弟；担任开路前卫的红二师政委刘亚楼和红一军团第二师四团政委杨成武均为闽西人。

绝命后卫师

悲歌绝命冲霄汉，血肉墙驱十万兵。
渡口忠魂红血碧，潮汹直向曙光行。

长征 80 周年感吟

遥忆红流八十年，时今更觉憾云天。
湘江堵敌英雄血，赤水周旋甩敌缠。
风卷岷山行喜雪，沉浮沼泽越过翩。
东方日出延安暖，绝世军征万里篇。

革命圣地延安

斩夺关围万里征，风烟破竹立延城。
飘摇血火山河咽，寇舞刀枪国难惊。
陕北挥师歼贼敌，窑灯运作灭夷牲。
横眉杀敌黄河渡，席卷中原百万兵。

2007年10月于延安

访辽沈战役纪念馆

——纪念中国人民解放军建军80周年

关门东北口，阻障大援兵。
一发牵全局，千钧在一城。
塔山拼血战，隘口攻城赢。
解放开辽沈，筹谋建国程。

【注】1948年9—11月，东北人民解放军展开了辽沈战役，歼敌47万余人。在关键一役中，解放军在塔山阻击国民党军队11个师的兵力援救锦州守军，从而保证了主力部队胜利攻克锦州这个隘口，解放东北。

参观淮海战役纪念馆

塔雄危立凤凰头，字碑文图憾九州。
犹见烽烟弹火血，如观敌我鏖兵仇。
风狂雪舞蒋军溃，气贯长虹腐木休。
覆雨为云天地变，沉浮势定万民求。

2008年10月

庆祝中华人民共和国成立60周年

辉煌六十年，沧海变桑田。
建国腾图月，求强众胜天。
春华秋实劲，富足稻粮鲜。
革命初衷在，传承代代绵。

诉衷情·抗日战争胜利60周年

狼烟血火泪流泉，
不堪忆当年。
山河破碎九州愤，
殊战杀寇终歼。

民擦泪，
葬冤贤，
复家园。
忽忘耻恨，
建国求强，
跃马扬鞭。

2005年8月15日

献给抗日战争胜利60周年

（司母戊方鼎传奇）

藏土三千古，回光震寇夷[①]。
村民凝慧易，日盗梦迷痴。
驱贼千夫吼，藏钟百众移。
中华渊史远，一展五州知。

2005年8月15日

【注】①回光，重见天日。1939年3月在河南省安阳武官村出土的三千年前的司母戊铜方鼎，乃惊世之宝。侵华日军获悉，多次重兵搜查未果。

纪念抗美援朝战争胜利60周年

江山初定未波平，东北临胡百万兵。
抗美援军催征号，赴朝铠甲月光行。
横飞战骨冰山赤，遍野残尸隐洞坑。
圣诞回家夷军梦，魂丧雪谷泣无声。

访中国第一个核武器研制基地纪念馆

传古姜公道似神，东归难拨世浑尘。
今朝碧地飞天弹，横扫乌云万里春。

峥嵘岁月

——纪念中国共产党建党 95 周年

一叶红船破浪行，终成巨舰万涛耕。
争流瀚海千帆急，不息航程又远征。

清丽双臻·中国共产党建党 95 周年

忆昔风云幻，
神州处处漫夷旗。
血火飘摇华夏烈，
山河破碎国临危。
众吼震长霄，
高悬王寇锤。

民至上，
党心坚。
建党红船帆万里，
雄关赫赫立丰碑。
圆梦初心图励治，
众为重振泰山移。

2016 年 8 月

克拉玛依油田

茫茫戈壁磕头机[1]，管道条条入炼池。
如柱囱烟红焰起，星空笑对月明时。

【注解】①磕头机，即采油挖掘机，当地人戏称磕头机。

青藏铁路通车感吟

蛮荒万古人烟少，积雪云峰卷巨涛。
氧缺雄鹰无力越，攀惊猛兽亦呼号。
江山一统车同轨，社会筹资筑路高。
高铁穿霄天道出，遥联南亚更功劳。

2006 年 7 月 1 日

三峡新吟

一泻奔涛万里烟，千年谁主大江天？
神工劈峡流惊险，绝唱裁波缔史篇。
辈出贤才谋远略，招来巧匠锁深渊。
猿声断去鸣舟笛，巫女瑶姬喜拨弦。

2006 年 6 月

抗汶川特大地震有感（四首）

一

巨震凄夷蜀北村，人埋路断毁家园。
中央令救军民应，领袖空降到危门。
万众驰援悲化劲，三军并进救伤魂。
炎黄后代心如一，不屈灾星万里捐。

二

地裂山倾路断尽，重重磨难磨醒人。
吟声不解无端苦，驰救唯能脱劫尘。

三

忍看荧屏泪不干，同胞遇难泣声寒。
山移谷锁魂埋石，地裂川填骨肉残。
华夏千军情似海，神州万众爱如峦。
捐资涌动民潮切，心凝共度济世安。

四

举国同悲日月哀，亡灵数万屈泉台。
欣知手足天兵降，拯救苍生共治灾。

抗雨雪冰冻之灾

罕见江南飞雨雪，长途春运结冰凌。
无灯绝水生灵急，路断餐饥客滞增。
如焚高层号令速，呼应万众重兵应。
驱冰破雪惊天地，浴血军民尽铁鹰。

玉树抗震救灾（二首）

一

四月昆仑飞雪舞，高寒玉树劫灾临。
天涯异国访程断，万里长空返切深。
调集援军云路到，星驰急救暖民心。
情通百姓怀伤疾，鱼水相依共素忱。

二

同宗血脉九州流，搏动心连四海忧。
举国驰援传美德，倾情共践八方筹。

获申办奥运会

佳音盼办北京胜，顷夜神州万里灯。
百载蹉跎沧海月，纷争有报苦心恒。

2001 年 7 月

北京第 29 届奥运会之韵（六首）

世界传递

环旗联四海，火炬递五洲。
问鼎于今世，何能力聚酬。

中国传递

古国山河动，飞来圣火奔。
珠峰星汉悦，五岳喜迎盆。
递沸长江水，欢腾海浪喧。
长城烽艳照，万里入京门。

福州传递

祥云绕市邑，圣火映红霓。
四岭春风劲，三山万凤啼。

开　幕

鸟巢光飞宇，银花玉树繁。
相逢宾十万，喜聚万人村。
遥路相知近，天涯志是源。
友谊同一梦，史卷展英魂。

硕　果

奥运深如海，群英尽显能。
中华百奖获，金榜五十胜。
菲氏荣金八，攀峰七破登。
缘圆多国梦，共创五环兴。

震　撼

期盼百年成，宏筹举世惊。
云天机满客，大地路迎声。
无与惊殊日，空前撼座鸣。
神奇文化韵，一展五洲倾。

残奥会（外一首）

松迎天下客，菊散古城香。
挑战残身极，惊人出律常。
中华创异绩，奥运谱辉煌。
得失无关利，情存爱水长。

京城春

紫气中南海，花开艳满城。
天涯宾客至，丝路共萦情。

水龙吟

——纪念改革开放 30 年

东风撵水波腾，浪花卷拍声声岸。神州雨骤，人人急切，飘摇呼唤。几度辉煌，何时关闭，环球疏看。咫尺天涯变，五洲繁茂，如不见，帆樯远。

最是三中明断，拨航程，经济先干。践行改革，聚龙引凤，万花烂曼。卅载悠长，纠纲新立，物华天粲！此何人唤取？英明誉史邓公功绚。

深圳之谜

悠悠沉睡数千年，小小渔村默度烟。
改革春风吹地绿，开门暖气催花鲜。
创新信息潮头涌，技术智能举世先。
若问何来今巨变，特区引凤聚才贤。

2018年9月20日

沧桑路

——中国共产党诞辰80周年吟赋

腐恶横流黎庶泪，南湖波涌起雷声。
人间正道沧桑路，古国烟尘星火明。
起义南昌军震世，奇谋井冈立根生。
红都照亮神州梦，庶府民呼万象英。
冒险更章阵地战，情危惜挫转长征。
阴霾遵义终为散，草地乌江显赤诚。
圣塔光飞明四海，军民逐寇五州赢。
三胜决战乾坤定，百万雄师破竹行。
溃海穷囚孤岛梦，扬旗万众九州鸣。
分田镇反民权稳，受益安宁百姓荣。
又麋苍龙门口外，长缨在手助和平。
娘家探月嫦娥悦，航母潜艇众鳌迎。
送暖春风花月艳，又来冷气欲毁樱。
梅花喜爱漫天雪，稻穗秋时稔乡城。
志在黎民常报国，初心使命永萦情。

2001年7月1日

长歌复兴路

古国长河浩淼烟，辉煌败落迭踵连。
雄繁汉武贞观月，疆阔康乾盛世边。
落日凌残鸦片战，丧权辱国屈条鞭。
山河破碎夷横酷，遍地饥黎血火煎。
辈出精英民族脊，群驰万众自强坚。
南湖日出东方亮，马列传来古国妍。
风卷燎原千里火，汹潮震荡五洲涎。
长征湘浪飞腥血，力挽狂澜遵义篇。
圣塔红光辉日月，延安义憾扭坤乾。
军民击寇风云烈，老少持竿敌后拳。
风雨钟山三捷灭，驰程紫禁重担肩。
城楼告世中华立，广场雷声四海传。
百业腾飞莺凤舞，昌繁奋搏两弹穿。
三中改革开新路，引进投资涌地泉。
富国创新民族梦，山河万象与机缘。
堪悲近世铭心记，不改初衷百万年。

2016 年 7 月 1 日

清丽双臻·致戍边官兵

壮志酬边夙，
长风万里变殊多。
铁甲金戈腾草地，
雄鹰俯视界边河。
寒雨疾风过，
年年讴梦歌。

冰日练，
酷天磨。
云卷霞飞光焰炽，
无垠碧野荡青波。
如问戍边驰马趣，
尽同霄月伴嫦娥。

2016 年 7 月 2 日

走近鞍钢岁月

辰光万载沧桑泪，风雨霜残三十年。
寇掠狂抢无寸铁，美机轰炸毁城烟。
苏军拆运遗狼藉，民恨嗔持碎铁怜。
处处疮痍凄惨地，芊芊废墟乱荒田。
山河沦陷丧权奴，钢厂含仇众举拳。
霹雳风雷横卷席，红流气吞九州权。
东瀛寇降绳于法，鞍钢重生复主缘。
血恨辛酸从头越，洗仇群志战炉边。
千军舜禹如云集，五百“罗汉”重任肩。
钢水飞来花又溅，红蛇落地赤龙旋。
长虹赤练穿流急，气壮山河动地天。
创业宏图惊四海，钢都宪法史无前。
华年“长子”奔天下，花绽神州处处鲜。
孟泰劳模情有在，崇仁技术自创先。

2016 年 9 月 24 日

【注】1919 年鞍钢建成第一号高炉。旧中国 30 年的沧桑岁月是一部苦难史，新中国成立后的 70 年，是一部奋斗史。1949 年前鞍钢曾受日本帝国主义疯狂掠夺，经受了美军三次大轰炸、苏军大规模的拆运，一些百姓对劫夺愤怒而哄抢，使得鞍钢已是满目疮痍，杂草丛生，一片荒凉，机器无一完好，烟囱无一冒烟。当时日本留用的专家曾预言：“这里只能种高粱了。”1948 年 2 月 19 日鞍山解放，钢铁工人、矿山工人艰苦奋斗，使得鞍钢在废墟上奇迹般崛起。1949 年 4 月 25 日第一炉钢水炼出。中央从东

北、华北、华东抽调500多名县处级以上干部（史称“500罗汉”）和近2万名一般干部、专家和大中专毕业生奔赴鞍钢。1958年毛主席亲自批示“两参一改三结合”为鞍钢宪法。新中国成立后，鞍钢为共和国的“长子”、摇篮、排头兵等，为全国钢铁工业战线输出大批人才，促进了我国钢铁工业的大发展。

舟山市（二首）

一

岛绿路长连海碧，群楼树茂紫薇开。
问童此处蓬莱否？笑客为何久不来。

二

飞桥锁海岛群连，香客如云万里缘。
佛国禅烟尘外雾，无涯虚幻总诚虔。

包　头

长街百里连天路，草地城中十里藏。
秀木湖园翔鹭燕，芳枝幽路簇花香。
钢花飞溅冲霄焰，铁水长流效益长。
虽此冰霜寒日久，瑶池未必若斯芳。

中国 2010 年上海世博会

世博期逢百岁赢，精华荟萃五洲情。
术研沪上文明美，合作和谐科学城。

中非合作论坛北京峰会感思

关山万里国宾来，都古枫红百菊开。
外事求同联四海，交往互信共赢财。
和谐合作心诚挚，诚信公平不忌猜。
兄弟原贫均苦难，幸逢发展创平台。

2006 年 11 月

2018年中非合作论坛北京峰会感赋

日出中非万里红，风云时代命相通。
亲诚义上同赢利，携手包容大道雄。
五不[①]冰心天地监，八行[②]联动月明中。
无私正义繁荣意，自主公平气若虹。

2018年9月5日

【注】①五不：习近平总书记在中非合作论坛北京峰会开幕式的主旨讲话中提出“五不”原则：不干预非洲国家探索符合国情的发展道路；不干涉非洲内政；不把自己的意志强加于人；不在对非援助中附加任何政治条件；不在对非投资融资中谋取政治私利。②八行：一是实施产业促进行动；二是实施设施联通行动；三是实施贸易便利行动；四是实施绿色发展行动；五是实施能力建设行动；六是实施健康卫生行动；七是实施人文交流行动；八是实施和平安全行动。

上海世博会中国国家馆

冠红极目横云叠，紫气中升四海联。
载物三江粮屯厚，寻芳四海上河篇。
群英创业精堪兴，各领风骚韵世先。
往事无缘成激励，今朝叩响震天弦。

厦门五缘湾

江云万里连天海，水浪波连共五洲。
鹭岛原荆芳草屿，今楼耸立映沧流。

石狮巨变

昔作强村梦，终成商贸城。
群楼多宇立，酒店客熙声。
靓服销隅海，纷灯售洋赢。
君知何故变，改革促春生。

2016 年 10 月 15 日

【注】石狮原为晋江县一个农村小镇，人口不足 3 万，现已 60 多万人。

“九八”抗洪歌

洪灾骤雨水连绵，嫩水长江溢孽泉。
举国惊闻成泽海，环球注目九州田。
枢机迅赴汹涛处，军集挥师大坝边。
决战嫩江严防缺，誓师扬子堵堤穿。
群雄气势心如一，众志排山血肉缘。
华夏赈灾昭日月，三军功德佩苍天。
回梳水祸三千载，累患横流历万年。
禹圣层生功代代，李冰穷出治江涎。
临灾峻酷凉如铁，思痛而今御害篇。
热血当酬堤筑固，兴林禁伐护江沿。

1998年8月

调笑令·神州六号飞天

船箭，船箭，
二人顿离机绾。
飞过银汉冰川，
捧酒嫦娥扮妍。
妍扮，妍扮，
唯盼佳斯早现。

嫦娥四号着陆月背

遥悬宫万里，盼探五千年。
按钮飞蟾玉，娥迎后院圆。
念情今团聚，从此永相连。
月殿来往客，银河继有缘。

丝路相约（三首）

“一带一路”国际论坛第一次峰会

史路芳尘发嫩芽，千年相约聚京华。
群帆碧海腾涛至，万驾云途降汉家。
合作包容开放念，和平互利共迎霞。
春风普度丝绸路，愿景花妍硕果嘉。

2017 年 5 月

G20 杭州峰会

潮头勇立弄涛轻，卷雪波声拍岸鸣。
共济同舟风雨渡，排他异梦卷涛惊。
应知有信诚酬报，当合包容更有情。
无益清谈台阁戏，唯能运作是双赢。

2016 年 8 月 5 日

“一带一路”二次峰会

春风万里催生绿，吹暖天涯百卉苏。
“六路”平台凝聚力，“六廊”规划共驰驱。
多边贸易全球意，单一强权少数愚。
陷阱谗言痴可笑，双赢共识众心愉。

2019年5月

春　种

繁花带雨春分至，万木新妆燕舞姿。
致富勤耕科学种，脱贫精作技为师。
施肥灌麦宜水润，育苗分株细剪枝。
梦圆图强农系本，生存自主莫依夷。

南沙群岛

渔歌汉月唐帆碧，远交明船万里绵。
沧屿吞江清水路，琼舟猎海水中天。

南海诸岛

根同汉史五千年，南国疆波水色连。
猎海捞鱼生不息，耕涛守岛祖先延。
三秋捉鳖琼州楫，九夏搜虾永兴边。
岛建机场家内事，何来音噪乱萦缠。

2016 年 5 月

南海诸岛收复 70 周年和胡耀邦视察南海诸岛 30 周年感怀

海日晨升霞万里，鸿飞紫禁挹泥来。
肥栽椰苗南疆地，水润根茎九段埃。
碑刻屏藩收复记，铭书祖地史渊恢。
雄师镇锁今威在，不使夷船越界开。

【注】1985 年 12 月 31 日至 1986 年 1 月 1 日，时任中共中央总书记胡耀邦视察南海诸岛，同守岛部队共度元旦，并用从中南海带去的泥土，亲手种下一株椰子树。他在视察中看到永兴岛上 1946 年 12 月我国收复西沙群岛纪念碑时指出：“这块石碑再次证明南海诸岛的主权属于中国！”

废纸南海仲裁案（二首）

一

祖产千年海，耕涛治绘图。
临时庭乱凑，无序案收铢。
蔑法超权辖，违规立仲愚。
胡裁如废纸，荒谬世惊殊。

二

千年管猎海，勘岛绘名图。
无异中华域，何成他国乎？
违规裁渎法，肆意枉邪诬。
满纸荒唐语，聋盲闹剧愚！

2016 年 7 月 12 日

习近平主席南海大阅兵（二首）

一

南海犁涛始汉唐[①]，千年管控国渔场。
南朝护岛舟船守，两宋巡师日夜防。
胜昔雄师联合练，今来航母斩波狂。
疆天虎帐元戎阅，舰艇群驰镇海疆。

二

春潮南海碧波狂，劲拂红旗百艇扬。
喷玉如虹云阵练，银鹰似箭傲空翔。
纵横编队惊涛破，劈浪深潜水底藏。
海域安危千载重，三军磨剑候豺狼。

【注】①始汉唐：汉武帝元封元年（前110年），海南置珠崖、儋耳郡，标志着汉中央政府对海南岛及南海诸岛直接管辖的开始。唐朝贞元五年（789年）设琼州府。宋朝赵汝适《诸藩志》记载："贞元五年，以琼为督府，今因之，……至吉阳，乃海之极，亡复陆涂。……南对占城（今越南中部，临近西沙群岛），西望真腊（今越南南部），东则千里长沙，万里石塘，渺茫无际，天水一色，舟船来往惟以指南针为则，昼夜守视为谨，……四郡凡十一县，悉隶广南西路。"可见南海列入中国版图历史悠久。

如梦令·圆梦

奴隶揭竿云涌，志士图强才重。
百载圆梦盼，浴血奋争贤踵。
圆梦，圆梦！
风展五星旗拥！

如梦令·元旦

道阔、清流、驰驾，
高速穿山飞跨。
八十七年前，
路隘林深苔滑。
华夏，华夏，
今已江山如画。

2017年1月

【注】2017年1月6日代表省计生协会到清流县山区慰问计生困难户。途中顿忆毛主席于1930年在此作词《如梦令》元旦，已整整87年。而今这里已发生翻天覆地的变化，有感而作。

治沙止漠

昔日荒沙万古绵，风来飞越大江边。
推移直逼京城近，席卷过洋异国旋。
止漠军民争日月，治沙万众夺机缘。
黄尘无影群山碧，恰似江南五月天。

【注】西北沙尘暴日趋严重，2000 年 5 月时任国务院总理朱镕基亲临内蒙正蓝旗沙地腹地视察，指示："治沙止漠，刻不容缓，绿色屏障，势在必建。"经过 15 年的大规模植树造林治理，目前此地花草遍野，树已成林，沙尘已无踪影，绿色屏障已然形成。

厦门国际展览城

俏庞四海冠，傲镇厦门滩。
万里蓝天客，天涯碧楫团。
精挑优世物，博展洽商欢。
互惠繁经贸，环球共暖寒。

农家乐

雨后青山格外青，婆娑树影静舒宁。
溪流水暖鱼可见，日照温升客满亭。
户户迎欢尝品者，家家摆膳野餐庭。
城乡共建康庄路，助富扶贫两喜馨。

清丽双臻·草原情

万里阴山碧，
离离芳草接天涯。
骏马飞驰平野阔，
牛羊绿地闪银花。
葩朵白云间，
观光游客赊。

初见面，
饮奶茶。
笑语如亲多暖意，
高歌同舞满红霞。
若问何为欣悦事，
小康共建话桑麻。

再到大连

十年弹指逝韶光，高耸群楼目苍黄。
贴海凌桥飞碧尽，听潮广场眺沧洋。
观新技产多欢意，赏景山明好香芳。
秀水金滩依翠滴，难知此处是何方。

2016 年 9 月 18 日

第二辑

史耻铭心

辑首诗语

丧权辱国忆心寒，割地赔银社稷残。
尽得红旗挥战鼓，山河收复勿离鞍。

浪淘沙·卢沟桥

永定水飞烟，
浪接云天。
车流驰急各争先。
燕卫咽喉南北隘，
古道流年。

往事恨无边，
倭寇抽鞭。
军民浴血保家园。
碧水云山依旧在，
犹见硝烟。

1968年5月

蝶恋花·卢沟桥

血火飘摇卢沟月。
悲极愁绵，
倾国卷仇雪。
敌寇刀枪杀气烈，
当年烽火金瓯血。

抗战历年驱盗逆。
满目残疮，
飞水咆哮咽。
腥血难泯中国结，
而今建设情尤热。

1968 年 5 月

香港失归记

清皇锁国误昌期，冷器冰刀脆弱师。
列盗瓜分开舰日，赔银割地失权时。
年年泪断罗湖恨，岁岁言宣抗帝辞。
海上来兮归海去①，中华洗耻送英夷。

1997 年 7 月 1 日

【注】①英军和第一任港督均从海上登陆，1997 年 7 月 1 日零时，最后一任港督彭定康在香港回归后亦从海上返国。

香港回归祖国 10 周年联想

星移十载逝如烟，洗雪丢权数百年。
风雨香江归国暖，阳光港九沐温天。
关疆海角军严守，税检天涯进出船。
两岸同胞应合璧，亲情众志必团圆。

澳门行感

镜海金波绽，回归恰众怀。
欢呼今雪耻，此地变蓬莱。

雅克萨之战

清初北国俄侵甚，万里边疆战鼓声。
正义军威终获胜，收回失地振民情。

【注】雅克萨之战：16 世纪中叶，沙皇俄国向东扩张，越过乌拉尔山脉，进入亚洲，对我国进行掠夺和鲸吞。清政府多次交涉、警告，均未奏效。康熙二十二年（1683 年）清廷派兵沉重打击沙俄侵略者，收复失地。

京飞俄都思感

当午京飞赴俄都，长空万里意驰驱。
俯看大地山河美，显现沧湖[1]旧版图。
低处牧场思汉使，犹呈放畜节持殊[2]。
中俄史界原无接[3]，国弱悲丢万里腴。

2002年11月

【注】①沧湖：即贝加尔湖。②节持殊：即持汉节的苏武。③沙俄原属欧洲，边界和中国并无接壤，17世纪沙俄肆意东扩，越过乌拉尔山，侵占西伯利亚贝加尔湖以东大片中国土地。

霍尔果斯口岸

国门严哨口，泣望故园隅[①]。
犹见张骞越，如闻都护[②]呼。
唐西威四镇[③]，碎叶重门枢。
万里丝绸路，九州共轨衢。
历朝州府置[④]，代代守疆图。
李白能知否，硝烟失楚湖[⑤]。

【注】①故园隅，指碎叶。②公元前138年，汉武帝刘彻派遣张骞出使西域。公元前60年，汉宣帝设“西域都护府”，开始行使国家主权。③唐朝在西域设府、州、县、乡、里行政管理制度，在军事上实行“府兵制”。在龟兹、于阗、疏勒、碎叶设军事建制，史称“安西四镇”。④汉朝至清朝，均在西域（新疆）设行政管理体制和军事机构，重兵驻守设防。即使历史上出现过分裂割据的政权，西域仍设置州府。⑤楚湖，即楚河流域。湖，即巴尔克塞湖、伊塞克湖和斋桑湖（泊），1881年被沙皇侵占。据考，李白出生在碎叶城（今哈萨克斯坦阿拉木图）。

伊犁河畔

夏日伫桥前，芳原草接天。
飞流滔涌急，翠柳岸飘绵。
唐汉戎马饮，明清裕穗田。
回眸边塞月，惠远起狼烟。
寇剑飞刀血，清军[①]舞伐鞭。
雄师平敌叛，碎叶[②]恨无边。

【注】①1875年3月，清廷任命力主抗俄入侵的左宗棠为钦差大臣，全权督导新疆军务。左宗棠时年64岁，为显示收复新疆的决心，他命人抬着棺材西征。②碎叶：清西部重镇，被沙俄侵占，约50多万平方公里，现为哈萨克斯坦国阿拉木图。

海兰泡记忆

沙俄万里窜东方，劫杀吾民掠地狂。
枪屠华人悲日月，刀挑妇幼惨无光。
江流血水河洋赤，尸塞红涛浊浪浆。
一寸山河流寸血，长鸣弱国奋图强。

【注】海兰泡，黑龙江左岸一个村庄，原为中国领土。1858 年 5 月，沙俄匪徒穆拉维约夫趁英法联军占领天津、北京之际，趁火打劫，用枪炮威胁，逼迫黑龙江将军奕山在瑷珲（今黑河市）签订所谓《中俄瑷珲条约》。5 月至 7 月 21 日，在沙皇“杀绝”中国人命令下，沙俄军队进行灭绝人性的大屠杀，杀害了五千余名中国人，强占了黑龙江以北大片我国领土。

黑河恨

一水江涛怒未消，家船内水不能摇。
边疆万里飞刀血，长恨当年屈辱条。

2010 年 8 月

黑山头游额尔古纳河（三首）

一

碧水呼长史，源缘本属华。
同歌乡水饮，共拨草原琶。
西入持枪客，东来劫汉家。
今游望故土，只怨黑山遮。

二

一桥哨对峙，断别友骑娃。
千古中华土，今成异国沙。
天骄吞万里，铁甲跨天涯。
大汗如问此，为何分两家？

三

天骄故里河，岁月泻流歌。
祖址桑麻在，今栽异国禾。
三河名马健，两岸共繁多。
室韦留华后①，同融万事和。

【注】①留华俄后：中俄边陲有一室韦镇，居住有俄罗斯后代，与汉民族和睦相处。

庚子俄难 111 年

庚子俄灾百载前，常思碧血屈悲怜。
江东遗骨望归恨，西岸生还眺祖田。
疆土沦丧悲负罪，倾城殉国惨长眠。
风烟泪迹伤疤在，切莫风和忘雨天。

满洲里思吟

边城步日白云飘，对峙兵枪配在腰。
地本同宗何必隘，耻移异族友同桥。
关山已换双赢市，口岸商来不夜宵。
万里芳菲缘四海，天涯凤至势如潮。

2007 年 7 月

黑龙江源头

一泻三千里，源头北极南。
怒涛腾万古，谁食内河蚕？

观黑龙江对岸

怒涛滚滚东流去，远眺峰峦黛色绵。
碧水原为家国内，肥田今断外邦边。
俄侵吾土刀枪劫，华失山河血雨年。
沉立江边多冷意，射雕恨昔箭难眠。

李金镛祠堂

驱俄护国铁心诚，重振金场两袖清。
自古神州多彦杰，边陲祠立仰忠英。

【注】李金镛为清末一品大员，派驻漠河负责金矿开采。期间赶走沙俄侵略者，收复金矿管理权。

旅顺东鸡冠山日俄百日战遗址

甲午日俄辽东战，咆哮百日狗相残。
丧权辱国遗仇在，刻骨铭心耻雪寒。

【注】1898年俄国占领旅顺，1904年2月8日至1905年9月5日，日俄为争夺旅顺，发生了日俄战争。沙俄以失败告终。期间，日俄侵略军在东鸡冠山进行了100多天激战。

谒万忠墓

甲午英魂永矢记，万忠从葬翠松台。
同胞叠骨悲千古，应警腥风血雨来。

2016 年 9 月 21 日

【注】中日甲午战争期间，1894 年 11 月 21 日，日军侵入旅顺口，大肆屠城 4 天，全城仅幸存 36 人，死难者多达两万人。死难中国同胞尸体葬于白玉山，名为“万忠墓”。

旅顺口忆甲午（二首）

一

飞峙双山深港口，天成门户万秋喉。
难忘昔日夷刀血，终破黄粱魔鬼愁。

二

天成军港诉流年，血染波红泪海旋。
倭寇屠城飞血雨，英颅惨戮国门悬。
尸堆骨叠天无日，万具忠魂屈九泉。
似去硝烟狼影晃，幸存当备猎枪鞭！

访威海刘公岛

不息怒涛甲午年，今观败迹百思绵。
威扬舰上无严训，贪吏离船少练鞭。
误国丧权君腐败，坚贞守域士忠贤。
浪腾又起千重外，风雨东来欲变天。

2009 年 10 月

暮过辽阳

路到辽阳峻嶂重，残阳染浸万峰彤。
悬松劲翠飞霞暖，练瀑声喧落日容。
犹忆唐宗欣望月①，更温抗美灭边烽②。
九都烟火千年烈，圆梦常听史上钟。

2016 年 9 月 21 日

【注】①642 年，唐太宗李世民亲征藩属高丽，在辽东城（今辽阳市）登城望月，作诗《辽城望月》以显平叛胜利喜悦心情。唐初在辽东设安东都护府，辖辽城等 9 个都督府，史称“九都”。②1950—1953 年，以美国为首的联合国军入侵朝鲜，逼我边境。我抗美援朝志愿军同朝鲜人民军沉重打击了美军，迫其签订停战协议。

鸭绿江断桥记忆

半岛硝烟急，雄师夜渡桥。
迅雷惩虎豹，闪战灭狼嚣。
敌炸通朝路，残躯断水漂。
烽尘遗柱在，涛诉罪奇妖。

2016 年 9 月 22 日

泛舟鸭绿江（二首）

一

绿水泛舟过，同流内外河[①]。
汉唐华夏境，元复路州和。
月月军防守，年年士执戈。
今移丹玉赤，九里可能歌？

二

一水吟千古，江牵两国桥。
清惩朝境寇[②]，美溃我军骄。
风雨同舟济，情缘共筑桥。
睦邻多磨事，放眼远光韶。

【注】①1958年中朝边境划界时，将横穿鸭绿江的中方两岛，即玉赤岛和九里岛划归朝鲜，延边朝方部分划归中方。从此，此段鸭绿江由我方内河变朝方内河。②1894年日寇入侵朝鲜，驻朝清军多次英勇顽强地沉重打击日军，伤亡惨重。后因清政府腐败无能，指挥落后，终使汉城、平壤失守，战火烧到旅顺、大连。

愿朝半岛记忆醒梦（三首）

一

遥念牵魂处，烽烟日渐浓。
阴风催战鼓，汉水涌涛汹。

二

丹血横流溢，岩红万骨残。
英驱勋异国，但盼百花峦。

三

援朝军百万，雪地战夷寒。
刀血初凝日，炮声又发难。
白山添乱鼓，萨德助狂澜。
半岛无宁静，琴随变幻弹。

2017 年 3 月 18 日

【注】2016 年 9 月从中朝边境的鸭绿江回来后，梦寐难忘中朝往事，欣然如笔以上三首。

望海潮·《南京大屠杀档案》入世遗

地雄行胜，江分南北，繁华六代春秋。龙盘虎踞，波腾峻秀，却来狂虏难休。寇旆插城头。魂断三十万，刀血浮舟。都会凌残，紫金无日，月光收。

中华敌忾同仇。恨东倭屠我，烽火神州。怒吼抗暴，奋驱邪孽，炎黄儿女绳囚。恶魔败垂头。昔日挥鞭寇，伏法名勾。国祭南京惨戮，永记世遗留。

北陲漠河哨所（二首）

一

壮志从戎别爹娘，心怀报国远家乡。
滔滔黑水曾漂血，诚竭春寒戍国防。

二

威立江南边哨所，红旗飘拂国家安。
心头永记当年难，往事难眠耻辱寒。
嘱托防边身负重，牵肠誓守不离鞍。
江涛滚滚鸣千里，林海茫茫勿缺残。

第三辑 感事抒怀

辑首诗语

江山万里物天华，世事纷繁国与家。
眼界高时能析辨，心诚远处有奇花。

沁园春·年纪

叠叠悲人愁，冷雨云天，万里雪飘。时近清明节，千家吊孝，泣周总理，魂魄恢辽。纪念碑前，哀思寄托，似海人群泪雨浇。清明日，缤纷人祭奠，十万高潮。

晴天霹雳轰鸣，瘴雾恶，人民九亿焦！泣愁连十月，断肠多日，一年三杰，地动山摇。幸得惊雷，妖风尽扫，皆识神州出伟豪。开前路，看雄图宏略，四化花娇。

1977 年 1 月

天安门广场感怀

悲悼丙辰今未忘，祭周花泪汇如洋。
秋风横扫妖烟尽，依旧春风赤帜扬。

1978 年 4 月

思　圆

戍边未断深情意，感汝长思日月知。
南北山河烽火地，迎春有待雪融时。

1976 年 5 月

玉门关

中原存碧玉，西域市银绸。
历尽关山月，千秋担两头。

1995 年 6 月

宜　昌

地扼长江川鄂喉，腾涛自古使人愁。
飞横坝锁腾千里，电发光明百万州。

1984 年 8 月

荆州怀古

凭栏滚滚睹江潮，片片云帆犁雪涛。
割据三分成此处，纷争二杰不胜曹。

成亡评说终为古，览世观今历岁高。
百里城堤襟若带，星灯远接浪滔滔。

1984 年 8 月

中原怀古

拒象开华夏，炎黄始祖篇。
中原升紫气，逐鹿舞飞鞭。
卅六王都史，群雄百帝烟。
纵观纷夺事，功德各留鲜。

2002 年 7 月

周宁山村

重访山村昔未忘，泥泞阡陌正栽秧。
年华卅一寻原处，闹市纵横月夜长。

2001 年 10 月

鲤鱼溪

泓溪入岭悬千尺，竟有红鱼赏客临。
见饵多姿流上涌，人鱼戏跃好民心。

2001 年 10 月

德　化

闽中云秀峰，樟水润其中。
自古瓷如玉，今销四海隆。

2002 年 10 月

武夷茶艺

春峰雾翠碧流长，人满御园飘溢香。
问艺茶经知与晓，精传十八创新章。

2003 年 5 月

咏德化陶瓷文化（二首）

一

手塑坯成千载技，芳图彩绘凤枝头。
精瓷细腻如肌玉，雕雅风柔动五洲。

国色天香飞品面，寒梅瑞雪落瓶幽。
杨妃逸事红颜上，沐浴羞姿更重酬。

二

藏土商周陶①远古，云州②史迭艺弘长。
肌瓷宋元通四海，丽色明清运五洋。

绝技朝宗③飘逸畅，媲妍丽莎韵芳扬。
今坯自动流程④化，滚滚商潮卷八方。

2017 年 5 月

【注】①商周陶：德化出土文物中发现有商周陶器。②云州：即德化。元代意大利旅行家马可·波罗曾到泉州，在其游记中写到："刺桐城附近有别城名云州，制造的碗及其他瓷器既多且美。"可见当时德化陶瓷业已很发达并驰名远洋。③朝宗：即何朝宗，明代嘉靖、万历年间德化瓷塑名匠。英国古陶瓷研究专家约翰·盖尔赞赏说："何朝宗的瓷塑艺术品，可与达芬奇的世界名画《蒙娜丽莎》相媲美。"④自动流程：在德化凤凰山工业区，柯国镇大师发明的自动精坯流程工艺，让陶瓷业告别了手拉坯时代。

月夜访海上渔排

茫濠荡海青山隐，浪荡渔排月涌舟。
兴业波飘千户养，渔村送暖夜风柔。

2004 年 5 月

【注】2004 年 5 月，到宁德市三都澳鱼排流动法庭调研。

渔　村

一轮旭日煮金波，猎海渔船起俚歌。
似剪鸥翎翩上下，征帆银网意嵯峨。

永定初溪土楼

溪深树色幽奇寨，绝世方圆聚土楼。
风雨烟尘依旧在，春秋一脉好年酬。

2004 年 10 月

雾

如云似雨幻犹奇，遮岭罩林娇亦痴。
待到朝阳光万丈，悄然遁去不徐迟。

清明节

山径人纷非踏青，翠林荒草挹新晴。
杜鹃啼出心头血，欲报清明祭扫情？

海外客家人

中原战乱迁闽粤，跨海漂洋四海行。
粗食天涯家万里，神州根固故人情。

阳　春

耀皎交辉阴转晴，阳春时节花含情。
心萦竹马青梅意，如注毫端万叠声。

在飞机上观落日

霞落云红一线天，光飞彩染岭连田。
东升玉兔金乌坠，夏去秋来不纪年。

沙尘暴（二首）

一

当午昏昏疑夜临，云天滚滚舞沙沉。
行人衢径皆包面，众鸟高飞杳渺音。

二

塞上春秋成往事，风沙漠北已南移。
封因治策源于水，宜速栽林翠绿披。

2002 年 5 月于北京

采桑子·沙尘暴

春风吹绿京城柳，处处飞花。
处处飞花，满邑园林秀万家。
春风吹黑京城柳，一夜风沙。
一夜风沙，滚滚滔滔摧嫩芽。

2002 年 5 月

寿山石（二首）

一

玉质生山谷，无人识大容。
一朝王印琢，令出万民从。

二

质泽光晶洁，冰脂色艳奇。
神工雕百态，彩女舞仙姿。

感吟政法英模

魂铸精英各振威，征程血洒化春晖。
铮铮铁骨惩邪恶，报国丹心护国徽。

2003 年 4 月

武夷双遗歌

巍蜒飞峙赣闽边，恒古黄岗仰近天。
万物沧桑风雨月，天人演绎远玄年。
三三九曲清如玉，六六旋流澈石圆。
傲骨英姿长护守，冰肌玉女大王前。
丹峦映碧游天路，峻曲危棺古壁悬。
劈石神斧天一线，刀屏万仞掌痕仙。
斜坡雾谷茶油嫩，岩叶汤沏溢气鲜。
蛇国鸟鸣金蝶舞，兰溪蜂觅吸香缠。
飞泉绝壁龙腾跃，月映青山水镜娟。
峡石船湍疑阻路，惊飞陡下底浪旋。
王城独据壮宫处，汉武围歼故址怜。
千古宋窑今犹在，丹霞万载化红妍。
兴贤孔孟长渊薮，歌棹南理大著全。
共睦三花同蒂韵，岩诗骚客幔亭篇。
城村五夫梅居处，古镇悠悠饰艺传。
三孔廊桥双曲拱，如虹柳岸上河然。
英雄热血流川渡，春雨如泉绿赤田。
物化江山无限好，珍遗细究道无边。

鼓浪屿钢琴博物馆

岛溢三弦伴海潮，声正六柱馆藏娇。
名家白雪阳春曲，碧水蓝天悦脆谣。

夕观企鹅（澳洲）

残晖暮色企鹅归，蹒跛登滩草穴回。
晓出穿流三百里，淘浪不息亦何为？

2000 年 12 月

风　骚

酷漠长生千岁兰，霜风忍顶独端颜。
胡杨挺拔常年直，红柳根深日月欢。

斗转星移同旱涩，冰濡露润共温寒。
沉浮水月无更色，漫道烟程傲戏丸。

2005 年 9 月

平安·和谐（三首）

一

平安代代和，创建献谋多。
众议成群志，春华演舞歌。

二

长安国泰平，发展则能赢。
基石和谐铸，清风法德生。

三

升平四海新，物富好风纯。
国泰和谐日，平安万户春。

参加全国“两会”有感

飞雪迎春柳上归，寒梅谢尽杏芳菲。
八方代表京城会，重托书言绘景晖。

2006年3月8日

竞　争

华夏春风劲，迎吹自主心。
环球骤雨急，唯有独创深。

春　秋

旭日千山秀，春江一脉晖。
艳阳秋色美，十月稻粮肥。

秋情（二首）

一

庭岩桂溢香，万岭染红黄。
水陆舟车重，年丰物市忙。

二

秋雨生凉意，枫霜染叶红。
香流金甸谷，纳穗库粮丰。

月夜乘飞机感成（二首）

一

长夜难眠万里途，星空飞渡赴夷都。
浮云暮宿心思忆，四海多边当化愚。

二

金波飞洒盖天涯，夜市灯如万里花。
大地静流人梦月，婵娥喜待探娘家。

南美飞北欧

云海升红日，流光万里霞。
春寒同日在，四季共天涯。

在驻外使馆遇同乡

一路风光一路尘，天涯异国遇乡人。
东归万里君传语，任重平安报远亲。

乘飞机经西伯利亚观日出

清蒙乳色光初露，渐现曦明一线天。
日冉红流倾焚势，霞飞染透满云边。

仰空卷雾轻云散，俯地无障雪紫烟。
瞬刻苍穹怡旷逝，顷知宇宙蕴真诠。

玉 树

高遥玉树寒，地阔碧金滩。
古道原荒漠，今航引凤鸾。

资丰藏厚土，慎挖当长看。
净土人间少，宜珍社稷肝。

妙手回春

——序黄永融老中医《藏拙斋诗文集》

丹心切脉延年寿，妙手回春暖万家。
玉德儒医精韵律，云天卷起满红霞。

春　怨

春光无限好，碧浪海湾愁。
军遣天涯塞，烽烟四海忧。

中东尘染血，韩日道声游。
风夜声如鹤[1]，征人梦泪流。

【注】①近几年，美军先后入侵阿富汗、伊拉克、利比亚等国，使中东陷入惨痛的战乱，千百万人民流离失所。据美联社统计，自伊战开始以来，美军在伊拉克死亡人数至少已达到3690人，驻伊美军人心惶惶。

秋　愁[1]

荷黄泥藕肥，霜月醉枫晖。
北雁南飞去，屏娘望子归。

秋风吹不尽，雪发泪横飞。
海外军情急，悬心万户祈。

【注】①美联社2007年8月9月日电，“反战母亲”辛迪·希恩因儿子在伊战中阵亡，流泪举行新闻发布会。听众皆怨恨并举行反战示威。

从贵阳到黄果树瀑布感思

四十年前过访日，涂街路陌土飞浓。
群山叠叠岩峰峻，杂草青青地少松。

离校同窗耕作处，今临手足杳无踪。
车驰道阔连群瀑，鬓白犹存尚能逢？

访贵州明朝屯垦戍边村寨

百万征移垦戍边①，西南烽火睦胜鞭。
常居谷岭明风在，守屯云峰②寨巧坚。

石木楼台雕尽致，雄踞第宅院花妍。
多融族统无间处，惠远丹青照史篇。

【注】①明初大量征移军民垦殖西南少数民族地区，仅 1389 年就从江西等地先后移军民 250 万人到贵州，对稳定和发展民族地区经济、文化起到了很大的作用。②移居多集中在安顺、平坝等地，有 8 个寨子，分散在云峰，故称“八屯云峰”。

情系日月山[①]

常温重托耳间旋，涉水崇攀雪雨烟。
八水环城宫月断，千峰鸟道吐蕃巅。

回眸泪下车痕印，远看含情汉藏连。
古陌犹闻公主驾，亲和从此路繁绵。

【注】①公元641年，吐蕃王朝松赞干布数次派大臣向大唐求婚，唐太宗李世民见其心诚，终以文成公主许配松赞干布。浩荡送亲队伍经赤岭时，公主思乡泪下，取出父王赠给自己的日月宝镜照看，泪痕满面，毅然将宝镜甩下赤岭，坚定往前。传说宝镜变成青海湖，公主泪水则汇成了今天滔滔的倒淌河。从此，赤岭改为日月山。

东风第一枝·日月山怀古

抛镜千年，辉同日月，奇传路陌柔别。泪遥万里长安，凛风辇颠尘劣。金枝寒怯，唐皇托，声声如切。毅力驱骑踏边绵，霜冷寸心犹热。

遗履处，古途阔洁。碑耸立，树红粉节。似闻驼马铃啼，凤鸣旷原飞悦。昆仑一柱，蕴情接，舞歌蕃呐。汉和藏、观月明圆，游客感怀人杰。

南京瞻园往事（二首）

一

冬生雾气浓，历历古园踪。
万木千花灼，犹迎日展容。

二

赫赫大明臣，徐开府第新。
山光幽水色，亭榭碧轩滨。

郁绿喧嚣避，繁花静养身。
烟尘谈笑处，迭主更民春。

2009 年 1 月

【注】明太祖朱元璋登上皇位后，赐建瞻园给开国大臣徐达大将军。后历经易主，瞻园最终回到人民手中，成为游园。

访林阳禅寺（二首）

一

南朝罗汉松千古，翠隐双梅历数朝。
禅杖千峰依秀守，重光净地世谐调。

二

峰烟瑞岭兴衰考，类世沉浮各领骚。
寺里僧人施法雨，香堂漏夜念经劳。

探星外人家（古风）

宇宙星茫无际境，地球村小一零丁。
孤悬空瀚思亲意，启探巡天觅外形。
能识银河真面目，因缘身在此家庭。
探星相对乾坤道，锁定维生水气型。
类地行星应静守，人间行将到君屏。
知音姐弟瑶台会，兄妹飞来话鹤亭。

2009 年 6 月

金陵风烟赋

史溯五千年，江腾万里烟。
沉浮风雨魅，淘尽众英贤。
翠黛形胜绝，沧桑演巨篇。
东吴雄帝业，魏灭小朝怜。
开国明宫阙，郑航万里船。
清皇频御驾，织造拜皇天。
洪氏天朝败，太平短暂玄。
残阳民国雪，陷寇血江填。
风卷钟山后，蒋亡皓月圆。
江山如画艳，几度乐愁眠。
往事烟飞逝，波涛逐涌颠。
能常和气暖，古邑百花鲜。

徐州感怀

千古烟尘积满州，名都留与后人愁。
河穿岭海三千里，气锁乾坤六帝秋。
立马横刀烽火处，驰腾洒血染城头。
江山更迭东流水，决战徐淮定胜收。

2008 年 10 月

徐州怀古

烟史六千年，云龙有迹缘。
峰峦烟雨秀，担挑海山肩。
滋润黄河水，江通大运连。
双京南北锁，六都[1]扼周边。
北障齐鲁颈，江屏准海前。
襟山依水势，沃野演征鞭。
血雨群军搏，刀光四百篇[2]。
雄残西楚霸，垓下败刘前。
大汉开先治，神州汉族绵。
史奇淮海战，弱胜入兵编。
人杰多皇地[3]，威加海内缘。
英才层出处，将帅九州先。
争斗千秋月，胜家得定天。
纵观成败业，命线众心牵。
往事纷繁瀚，深涵应细研。

【注】①六都：西安、洛阳、开封、南京、北京、杭州。②四百篇：有史可稽，四千年间，徐州发生较大战争410场。③皇地：据徐州地方资料考证，历史上徐州籍开国皇帝有11人，传67帝。

念奴娇·徐州感怀

（用苏轼《赤壁怀古》原韵）

彭城千古，九州列，无数风云人物。
带水襟山，军重地，素有宜粮屏壁。
楚汉当年，汉军淹烈，尸骨飘如雪。
群山抱叠，消磨多少豪杰。

回望中正当年，独裁凌霸，内战年年发。
国共两军淮海决，八十万蒋军灭。
春梦金陵烟飞灰熄，孤岛埋青髪。
无情流水，江山依旧明月！

【注】前 205 年春，刘邦攻占彭城不久，项羽便亲率三万精骑大破汉军，刘邦的军队退却和溃逃时，因泗水、濉水所阻，被楚军射杀和淹死者约 20 多万人。史书云：“濉水为之不流。”后刘邦最终打败项羽一统天下。

凭祥友谊关感吟

雄关历历长河月，峻隘悠悠共抗夷。
蒙难相援昔日好，过翻负恩不知谁。

真情却被无情弄，非义从来失理痴。
残雪终为春气化，流光犹待日红时。

2009 年 11 月

核电思

不堪当年切核[①]患，谁知福岛又重还。
英雄救急情如海，伤者魂飞面失颜。
百万无端生若死，成千命断九泉关。
核能诚有明天地，短路倾将暗宇环。

【注】①切核：指乌克兰切尔诺贝利核电站爆炸事件。

说　书

日月依相守，天人共伴居。
处事知书密，达理治亲疏。
欲尽人间事，先穷世著储。
器成刀琢玉，英杰墨攀舆。

2011 年 10 月

金银滩

——在那遥远的地方

金声一曲脆天涯，悦盖千歌喜万家。
碧野馨香红着雨，痴情撩得世翩华。

参观青海柳湾彩陶博物馆

隐埋五千年，遗陶秀史前。
缤纷三万件，锦彩百千贤。
默默无言地，悠悠诉史渊。
辉煌繁茂失，思当变沙缘。

2010年10月

《富春山居图》合璧展

成图风雨六百年，截断弥留两地卷。
波叠云横连岸碧，缘连合璧激流前。

过交河故城

风烟古国客游何？汉府唐州史迹多。
历代屯田西域策，今施改革稳边和。

达坂城景情

隘口风飕欲毁山，两边风电熠珠颜。
遗城湿地连苍柳，陡谷川流细练潺。

秋色芦花翩起舞，冬来草折待春还。
高歌一曲扬天下，佳丽从而响宇寰。

仙霞关

群峙霞峰闽浙锁，重峦劈嶂解开频。
常怨古道烟尘重，今喜飞车路坦新。

普陀山

天海涛中一岛悬，无尘孤绝远繁烟。
何来佛道多方客，迎得禅心四海连。

三代清皇亲寄语，从无五帝赐银钱。
千山种树千山绿，万里安宁万里妍。

路食农家

山林深处小酒家，土菜飘香味更嘉。
王母瑶池如设宴，哪能有此野鱼虾。

烟雨楼[①]（二首）

一

烟雨亭台先得月，湖光玉镜影辉楼。
云山耸峙争巍色，绿水波荡夺棹头。

赏景浓妆多几处，可留绣绘万年游。
黄陵[②]早有先宗范，继世文明当更优。

二

千古楼台拓治充，南朝烟雨得名崇。
清皇八驾巡诗赋，离乘留朱碧石中。

【注】①烟雨楼：建于五代吴越国时期，在嘉兴南湖湖心岛上，得名于唐代诗人杜牧诗句“南朝四百八十寺，多少楼台烟雨中”。清乾隆帝八游此处，留墨寺中。②黄陵，陕西黄帝陵，此处有古松柏园。烟雨楼亦有松、银杏等名木。

乌镇（五首）

一

千年古镇满霜尘，四栅浑然史有因。
老弄时风多技艺，长街旧韵亦遗珍。

灵桥秀水江南月，路阔街花古苑春。
辈出名流家国范，吟声迭起喜驰新。

二

临河下岸流空阁，枕水人家梦橹声。
两岸廊桥依美靠，穿舟夜火织天琼。

三

晨雾回缭小筑家，炉烟漫起伴红霞。
残阳映水飞晶色，月影朦胧泻地花。

四

千年银杏刺苍穹，乌赞将军一代雄。
书室昭明遗址在，时今照旧读书风。

五

江河不息千年过，岁月难忘史绩功。
小镇虽微多卓著，通都更当显恢隆。

侨乡感怀（四首）

一

飘洋万里含辛泪，异国谋生地作床。
望断天涯娘在否，依稀故里瘦妻黄。

千回夜念居堂漏，万次遥思改破房。
岁岁微银生处托，年年梦路返家乡。

二

晨飞林鸟白云边，暮记回归夜宿牵。
异客他乡千里外，家门古国万缕连。

思来踏破天涯路，梦念难还海角牵。
不惜捐资游子意，家兴国富赤心缘。

三

燕子春回认旧家，鸡鸣报晓爱红霞。
山依石峻巍然立，海纳川河岁月华。

四

身在侨乡梳翠柳，趣游南国洗长河。
红莲藕节丝难断，万里天涯唱汉歌。

烟雨楼前两棵银杏树

峙立楼前欲刺穹，沧桑尽睹岁时风。
琼肌蕃叶经霜劲，玉骨盘根结子丰。

岛绿区微知四海，树高千尺显苍雄。
谁栽当记神州杰，献给人间日月功。

开平碉楼

百载碉楼群落在，为何房主不回来？
当初建屋铢储汇，今却多空铁锁开。

砖堡坚雄群耸立，洋窗土饰御防灾。
侨居念惦桑梓处，留得华堂耀祖恢。

赠陇西郝洪涛君

相知二十年，戈壁忆情绵。
裁诉多研切，咨询更互联。
斜晖天宇灿，新月韵诗鲜。
欲借来生力，情存日月妍。

岭南莲花

一池莲花红艳日，众立游人目不回。
霜降南天秋未尽，雪飞北国待梅开。

贺蔡丽双诗文新作集《鱼水情深》面世（二首）

一

鱼水情深心底声，诗魂奔涌美丛生。
军人本色英雄气，都在行间字里鸣。

二

兵营旗展卷风云，精美诗文万象欣。
绿俏戎衣舒剑胆，椽毫浓墨绘军勋。

2012 年 5 月 3 日

博　鳌

三江汇落阔波头，玉带飘浪护鳌州。
自古金滩迎客少，今开宏论五洲酬。

严子陵钓台（四首）

一

高台七里滩，谁晓月霜寒。
万古青山在，千年说此峦。

二

烟霞碧水子陵滩，万叠云山枕丈杆。
钓得高风千古处，溪光野渡脱身欢。

三

寒苦易处仕途难，不入云台[①]一水安。
泽畔悬台垂钓意，兰梅品格馥如兰。

四

百丈崖台照史丹，全因帝友避官难。
青山逸迹增修岁，水岸新栏逐日宽。

虽有磻溪[②]终入相，难能钓泽一生寒。
千年汉室今何在？确有滩头贮大观。

【注】①云台：汉代台名，《后汉书·马武传论》云：“永平中，显宗追感前世功臣，乃图画二十八将南宫云台。”②磻溪：传说姜子牙钓鱼处。

过桐庐

三江一水过桐庐，峰翠溪清画不如。
谪者[1]愁居偏僻处，前贤隐钓碧江鱼。

宦官落客传千古，亮节遗芳万世书。
路阔群楼今胜昔，波山染织子陵居。

【注】①谪者：自唐朝以后被朝廷贬到桐庐的官员达数十人之多。范仲淹曾叹曰："稀逢贤太守，多是谪官来。"

戏街头即景——下象棋

纷争楚汉两千年，卷入兵家亿万千。
胜负时今难确定，子孙注定战连绵。

2016 年欧美元旦夜

防恐街头警漫威，寒风飒飒路人稀。
巴黎数万荷弹戒，纽约成千射手围。

比国搜拘危嫌犯，红场禁出众难归。
惊殊乱象黎民恨，标准双重合力微。

手　机

四海亲如近，天涯若面临。
君回知分秒，我亦有琴心。

网　络

纤指轻敲万事知，环球动态现同时。
无需鸿雁传千里，转瞬网中信即驰。

商贸往来多快捷，投资步履已为迟。
家门购物如梭至，各得其图两爽宜。

乙未年四九

寒潮万里急，雪竟舞南天。
竹柏凌悬素，松枫顿失妍。
长空飞鸟绝，地穴小虫眠。
琼粤人衣薄，冬棉未及穿。

和马凯诗家

——致诗词学会四代会

烟雨长河晴未迟，老榕嫩竹共繁枝。
春风吹绿莺鸣起，雨润苗壮笔下驰。
圆梦神州诗继韵，心怀四海咏新诗。
繁花似锦香千里，骚客抒情正是时。

附马凯诗：

大地春风盼来迟，唐松宋柏又新枝。
随心日月弦中起，信手风云笔下驰。
骚客曾忧无续曲，吟坛应幸有雄诗。
山花烂漫人开眼，诗更惊天泣雨时。

枫桥踏访（二首）

一

清诗一绝少时知，佳地暮来游已迟。
渔火江枫愁远去，如云客寺赏钟姿。

二

妙韵赢来千载客，犹如万卷世传书。
寒山江月依然在，夜半钟声说晓晖。

黄蘖山万福寺

唐施甘露大明霞，香国烟尘几度华。
松院云浮周岭碧，经堂香溢尽虔裟。

应邀破浪东瀛渡，迎跪高僧悟法花。
隔水名同承祖意，禅传历守善邻家。

【注】黄蘖山万福寺位于闽福清市渔溪镇，唐贞元五年（789 年）创建，明中叶毁于兵灾。明末重建规模宏大，清僧隐元于1654 年应请东渡日本京都建同名“黄蘖山万福寺”，三百多年来，双方交流不断，在中日影响较大。

潭柘寺

一寺腾盘嶂侧腰，层层叠出探琼霄。
清泉伴诵经堂语，松柏相依阁塔高。

寺顶凤栖龙在下，新枝柘长似王苗。
风烟更迭传遐迩，回笑千秋尽有招。

【注】潭柘寺：位于北京门头沟区，因有潭水和柘树而得名。始建于晋代，有元世祖忽必烈之女妙严大师墓塔。寺内凤在寺顶，龙在下，并流传有帝王树之传说。

参观上海博物馆

长河烟史五千年，沉淀辉煌万古绵。
瑞鼎青铜雄厚重，藏书艺画骨风全。

缤纷塑技陶瓷极，细琢精雕玉器巅。
览古观今知史迹，回思博物祖先贤。

延安东路

凌桥叠网层，道涌快车乘。
地路荫宜爽，空途气暖升。

香樟繁叶碧，梧木掩穹灯。
旧地名依在，重来认不能。

登明长城东端起点
——辽东虎头烽火台感思

峰巅火起明千里，鼓响兵戎奋御边。
峻岭城巍同日月，江山永固系民缘。

2016 年 9 月 22 日

三明万寿岩史前遗址

十八万年人初祖，惊天三代史留全。
珍遗石铺藏深穴，罕世萌装古迹鲜。

保护洞灵磨好事，寻根人类物证篇。
峰峦碧水依然在，何去何来是哪年？

2011年6月

【注】1999年10月12日，国家及福建考古工作者在三明市岩前万寿岩挖掘出了十八万年前史前人类祖先生存的遗址，随后又挖出约四万年前的“旧石器石铺地面”，这在全国尚属首次，在世界上也是十分罕见。这些遗址经国家著名考古学家贺兰坡、罗哲文等人考察和认证，确认为旧石器时代早、中、末三个时期人类遗址，是“人类起源的重要物证、人工建筑最早的实物，遗存十分珍贵”。

多伦行吟

沧桑塞北重边营，烟度千秋战地城。
演绎衰荣农牧合，流年兴废共融情。

川过静静平潮阔，水溢潺潺草木青。
花月春随骄日艳，山河丽色共长鸣。

元上都遗址[1]歌

伫停元迹址，荒草目天移。
败落烟尘野，城残砖石遗。
曾商欧亚客，昔户万千时。
御宴岩亭阁[2]，浮图壁绝姿。
南关熙攘市，楼满夜宵持。
断垣今苔绿，瘀河积渣瓷。
台无歌舞灭，樽尽空伤衰。
履觅沧桑处，灰飞究与谁？
兵戈凌弱世，家国尽销肌。
遥忆豪华去，回首秦亦悲。
长河多跌宕，千载月依稀。
欲使乾坤静，应施解庶饥。
问君成败事，梳史细沉思。
治国民为上，政清法度施。

【注】①元朝上都遗址位于内蒙古锡林郭勒盟正蓝旗上都镇东 20 公里处。元初（1263 年）开平（称上都）定都，1271 年忽必烈统一中国，建立大都（北京），形成两都制。上都作为元朝首都历时 108 年。城中住着 10 万多人口，城外更繁华，流动人口多达百万。一直到元末，上都始终都是元朝的经济、政治、军事、文化中心。②岩亭阁：即大安阁，是元帝御宫和宴请宾客场所。

参访锡林郭勒博物馆及元上都遗址展馆感思

馆深潜万古，演绎史烟堂。
掘石藏新旧，河乳百族娘。
曾居游牧迭，尽显久辉煌。
时至元蒙起，横驰亚欧乡。
屠城留史恶，暴敛艺无猖[①]。
但有天骄慧，深谋拓土疆[②]。
中华终复统，郡县继秦纲。
行省开先制[③]，沿今仍继扬。
废除承世袭，抑控拒豪强[④]。
纸币首问世，精天历法章。
农耕同牧济，治水重科长[⑤]。
欧亚文融处，东西贸易场。
东方马可记，震撼动西洋。
犹见唐盛世，呈如宋汴康。
无情年未百，殿毁俱泯荒。
不堪秦汉似，更悲唐宋伤。
惟存北京在，旷古圈明章。
当绝无智者，弘扬正气彰。
回研今鉴古，去糟汲良方。

2016年8月18日

【注】①蒙古军事扩张和三次西征（1207—1219、1235—1244、1253—1259）毁城屠杀，破坏生产，使各地人民遭到巨大损失。元初重用的阿合马、卢世荣、桑哥三人在历史上留下了“暴敛无义”的骂名。②元代是我国历史上统一王朝中疆域最大的朝代，其辖地“起朔漠，并西域，平西夏，灭女真、臣高丽、定南诏，遂下江南，而天下为一。故其地域逾阴山，西极流沙，东尽辽左，南越海表”。“东南所至不下汉、唐，而西北则过之，有难以里数限者矣”。③元朝创设的行省制度，是秦朝以来郡县制度的发展，也是我国历史上政治制度的一次重大改革，加强了元朝中央集权政治，巩固了我国多民族国家的统一，对明朝以后的政治制度产生积极影响。④忽必烈在统治的 34 年间（1260—1294 年），镇压蒙古旧贵族和地主武装的叛乱，消灭了分裂割据势力，废除世袭制度，维护并巩固全国统一。元朝的大统一，对推动我国多民族统一、发展、巩固，有着重大的历史意义。⑤忽必烈重视农田开发和水利建设，从 1289 年到 1292 年，命丞相以下官员到现场“亲操畚锸”凿河，打通了从北京到杭州三千多里运河航道，对沟通南北经济起到了积极作用。他还先后组织编著三部农书，总结农业生产经验；重用对科技有杰出贡献的科学家郭守敬，推动我国水利、天文、历法、数学、地理等方面的发展。在全国建立 27 个天文观测站，最北约在北纬 64.5°的地方，属全世界罕见。1281 年郭守敬编制出的“授时历”颁行，与现国际通行的格里戈里历相同，但早了整整三百年。

阴山（三首）

一

阴山[①]南北丽山川[②]，千古穹庐唱咏传。
汉道萧关[③]经赴隘，边匈和战史遗篇。

二

车越巅峰思绪远，武川北魏[④]重镇边。
硝烟久去城楼耸，郊野云天马羊绵。

三

峰峨横万里，北国两边巅。
峻隘烟尘绝，悬崖绿叠旋。
汉凭李广镇，金却岳王前。
史鉴知兴替，思凝各族圆。

【注】①阴山是绵亘于内蒙古中部，东西走向的大山脉，长约1200公里。②即敕勒川，敕勒族居住的平原地带。③萧关：今宁夏固原东南古关。汉武帝出击匈奴、苏武持汉节出使匈奴必经之路。④北魏（386—534年）由鲜卑拓跋珪建立，称魏，史称北魏。统治地区北至蒙古高原，西至新疆东部，东至辽西，南以黄河为界。内设六大重镇，武川为东部重镇之一。

多伦史话

悠悠万古年，农牧交融延。
燕昭长城筑，辽君祭祈天。
天骄兵屯处，世祖避凉眠。
成祖飞魂此，康熙会领边。
中山方略远，西北尽周全。
大钊传红地，鸿昌灭寇先。
镕基防漠化，始建绿洲田。
昔日多沉淀，往事史鉴连。
今朝繁市集，碧野绿流鲜。

【注】多伦距北京180公里，历来为京城门户和北京要塞。在中国封建王朝的历史上，多伦是汉人农耕文明与草原游牧文明冲突和融合的最前沿；前300年燕昭王就曾在此筑长城，至今遗址尚在；辽太祖曾在此举行盛大祭天活动；成吉思汗在此屯兵攻打金国；忽必烈及元几代帝王每年夏天在此避暑，游玩狩猎；明成祖朱棣征伐北元时病故于榆木川；1691年康熙亲赴多伦与蒙古四十八位王公会盟，确定清王朝北疆版图，史称“多伦会盟”；孙中山先生在《建国方略》中曾把多伦列为中国西北系统铁路中心、国防中心等；1925年李大钊到多伦检阅革命武装；1933年7月，吉鸿昌率抗日同盟军收复多伦；2000年5月时任国务院总理朱镕基到多伦视察治沙止漠工作，并作出重要批示，多伦是我国大规模生态建设发端地。

玛瑙之乡

街街玛瑙店，百展品莹晶[①]。
质地如肌玉，均匀硬度衡。

繁多先进艺，绝色刻雕精。
翘首天涯客，惊呼镯链倾。

【注】①多伦县城有一百家玛瑙展厅。

多伦汇宗寺

亲征漠北凯旋回，剿叛平疆会众魁。
建庙归宗体一院，江山复统定边垓。

【注】1691年，康熙亲赴多伦会见漠北三部和漠南四十九旗王公贵族等，史称“多伦会盟”，并下令建汇宗寺。此次会盟确定清王朝北疆版图，维护了国家统一、民族团结。汇宗寺为政教合一的藏传佛教寺院。

滕王阁

临江屹立数千年，烟雨风云独峙天。
孤鹜飞霞惊世句，迎来骚客觅诗绵。

2018年10月16日

九江赋

古誉春江花月夜，今冠水陆贯神州。
登峰纵目匡庐黛，临阁睹波浩气收。

扬子腾涛天地合，柴桑战影楚吴愁。
名楼碧秀霞飞岸，客赋诗联瀚墨悠。

锁江楼

江风水色涌天来，楚尾吴头日月开。
塔锁江天烟两岸，龙腾波越九重埃。

千秋阅尽兴废事，万载览胜送往回。
玉宇琼楼仙境里，然知身在雾云台。

2018 年 10 月 17 日

赣江月夜

城古传奇百世华，莽沦赣水月笼沙。
今宵两岸婵娟共，飞彩琼楼玉树花。

2018 年 10 月 16 日

浔阳楼（二首）

一

登楼知水急，观浪大江流。
烟雨浔阳锁，吴山楚地愁。

二

浔阳酒醉赋诗豪，敢笑黄巢自恃高。
行道梁山冤欲报，为何忘却血染牢？

白鹿洞书院

苍松翠柏欲刺天，石径幽溪百卉绵。
赏性亭台芳气溢，观流贯道洗心泉。

深藏世外儒书读，复礼潜神侍君篇。
两耳难闻窗外事，尽为科举误民缘。

石钟山

泛舟眺远波涛阔，两色江湖水曲旋。
对峙双钟迎远客，乘风逆上众心悬。
临山绝壁狂涛击，观屹凌空百丈天。
顶锐低宽钟若酷，潮汹搏穴巨声传。
音形具兼垂钟石，钟若无声岂可全。
唇舌激争千载月，明贤卷入万人千。
多磨世物宜长久，智慧终能有哲贤。

【注】关于石钟山的命名，1000 多年以来纷争各异，文人、学者、达官显贵、戎马武夫各执一词。郦道元、李渤、苏轼等人主张以声定名，而清代曾国藩、彭玉麟等人则主张以形定名。双方均临现场考察，结论各异。我前往察之，博采前人和今人之议，认为石钟山既有钟之形，又有钟之声，音形俱兼故称石钟山。有形无声岂成钟也？

三清山遇风雨

重游意欲增诗意，骤雨无情戏我行。
天水如流风撵路，淋漓洗面滑岖程。

山朦异景无踪影，栈道迷悬似地平。
今日来游能几度，难饶岁月夕阳情。

2018 年 10 月 14 日

浮梁古县衙

唐置浮梁千载月，幸存旧制古遗衙。
明清巧构威严在，继世精承府史华。

匾额公开施政意，楹联彰显戒骄奢。
如能允诺何来变，虚话欺民自毁家。

2018 年 10 月 15 日

龙虎山

碧水丹霞亿万年，开天演绎水峰牵。
腾空刀壁飞云绕，峭穴棺悬巧逝眠。

古越栖溪生祖地，先民博弈垦荒田。
中华各族同耕处，岁月相融共固联。

2018 年 10 月 13 日

篁岭村

缆升岭上古樟[①]迎，游客如云笑语行。
石阶盘旋层叠屋，徽居艺画聚品精。

丰登五谷晒秋[②]艳，喜悦群康享福情。
户户楹门春字贴，媪翁若菊夕阳明。

【注】①篁岭村一棵葱郁巨樟树龄有540年，为国家一级保护名木。②晒秋为当地民俗，在秋天将丰收的五谷放在竹匾中晒于房顶，呈红黄绿白等多种颜色，显示丰收的喜悦。

缙云县鼎湖峰

横空屹世凌天柱，万岳低头拜鼎湖。
玉帝琼霄观下界，三山五岭单体无[①]。

【注】单体无：鼎湖峰系目前全球最高的单体石柱，高约170.8米，底部面积为2648平方米，顶部面积为710平方米。

缙云黄帝祠宇①

始晋千年烟雾重，仙都荟萃帝南踪。
寻根拜谒轩辕处，祭祖思源脉系龙。

骨肉筋连华夏后，肌体经络九州容。
高僧隐讼长青殿，柱石楹联诉史雍。

【注】缙云黄帝祠宇：传说黄帝南游到此，后置黄帝祠宇。2018年全国各地和海外华人、学者、名家举行盛大祭祀黄帝活动，并写了多幅楹联，诉说炎黄子孙姓氏同宗同源，怀念敬仰祖先恩泽。

港珠澳大桥通车并大湾区发展规划有感

一桥飞架越仃洋，百里涛中白练长。
三地联同圆国梦，群心共筑复兴强。

沧桑自信人民路，日月更明制度彰。
大国工匠智慧奥，谋新罕世底蕴昌。

访扶贫村（二首）

——宁德柏洋乡洋中村

一

红区起偏村，前辈尽人尊。
但却贫穷脊，难能致富温。

春雷精准令，暖气入柴门。
筑路茶香出，茹葡销市繁。

二

车驰路入村，溪水润禾根。
翠叠茶山碧，香飘稻地繁。

葡萄晶玉串，粉竹秀峰魂。
远务为工者，返乡创业园。

2018 年 9 月

美遏华恐超

柳道鱼台唱好友，宫坪草地脸翻和。
霸凌施压防超急，大棒挥刀赤裸呵。

怒对强权蛮野诈，雄心反制荡夷蛾。
如无回岸风涛路，痴梦孤帆必溺波。

西藏玉麦乡

——央视报道有感

地处藏南玉麦乡，偏荒三代住边疆。
边陲寸土边民在，国界无垠众庶防。

藏族同胞风雪守，中华各族戍边强。
离京万里亲情近，央视声临若彼傍。

2019 年 5 月

第四辑 两岸一家

辑首诗语

一水天涯七十年，时今兄弟不团圆。
同宗恩怨风云幻，莫负亲缘孤岛怜。

元日思吟

一元复始染春光，骇绿嫣红缱绻香。
忧国怀台思绪远，愁肠望岛路途长。

乘舟浪拍呢喃意，渡海波宽鸥语樯。
珍惜韶华时不待，无边丽色莫经霜。

1970 年 1 月 1 日

【注】1968 年至 1970 年我在福清县海边部队农场劳动锻炼时，常眺望海浪中的台湾岛，面对舟帆思绪连绵，欣吟此诗。

访东山岛铜钵“寡妇村”[1]

风高夜黑抓丁忆，泣入台营失枕娘。
发夫年长应发白，荆妻日久鬓成霜。

望穿碧水愁肠断，远眺沧波怨路茫。
失道丧情孤岛梦，潮流相逆势归亡。

1975 年 5 月

【注】①1950 年 10 月国民党军队败退台湾岛时，偷袭福建东山岛，仅从铜钵村就抓走 140 多名壮年男子到台充军，该村后被称为“寡妇村”。

长相思·盼圆

海峡水，涕泪流，流到台澎人恨愁。岛成风雨舟。
盼悠悠，思悠悠，盼到团圆愁始休。岸边人倚楼。

1979 年 1 月

望归曲

滚滚春江东逝海，茫茫碧水拥澎台。
卷涛悲奏离愁曲，母听潮声疑子来。

1979 年 5 月

厦门鼓浪屿（二首）

琴岛听琴

瑟瑟丝弦韵似涛，沉沉弹奏众心焦。
同胞两岸共垂泪，海峡何时架鹊桥？

桥　思

四十四桥沧海头，离人望断碧波愁。
亲情似水刀难割，海峡奔流不可收。

1980 年 5 月

惊　闻

闽台一水牵，史续五千年。
血脉同宗涌，何来独立权？

1998 年 6 月

小嶝岛望金门

鸡犬声闻难互见，一流如隔万重天。
东风莫误周郎愿，义举施琅待哪年？

2002 年

盼归

抱子望穿台海水[①]，潮来有信盼船回。
深情夫恨愁肠断，离怨弥舱妇盼归。

2004 年 10 月

【注】①漳州漳浦天福石雕园塑有一尊孤妇抱子盼夫归来的石雕。国民党军队在败退台湾前，从东山岛抓走一批青年到台湾，致夫妻离散，孤妇愁盼，苦不堪言。

观电视剧《施琅大将军》有感

碧水丹心日月知，中华一统族心期。
波涛海峡东流去，谁梦拦流实谓痴。

2006 年 4 月

闽台

东南万里海疆鸣，碧水流飞两岸城。
闽齿台唇依相守，存亡脉动九州情。

2006 年 3 月

闽台缘（五首）

一

上下五千年，原为一省编。
炎黄文化共，史继祖先田。

二

燕鹭冲波戏，鸥莺两岸飞。
如人知语意，日月总相依。

三

两岸水源牵，船鸥一镜旋。
烟尘风吹后，空净更明圆。

四

烟花同庆节，共赏爆炮晖。
碧水归舟路，蓑披一雨衣。

五

猎海渔歌起日升，落霞仓满叠鱼层。
波长水阔扬帆去，尽是船家万点灯。

两岸三通感赋（三首）

一

风云雁断归飞路，海激汹涛峡绝鸦。
咫尺天涯音杳渺，长愁岁月万千家。

二

知时势事如春雨，沐浴高枝吐嫩芽。
万顷波澜回当日，相依细语共朝霞。

三

断绝往来六十年，时风吹散碧流烟。
三通化怨炎黄意，两岸相融本是缘。

风雨故宫文物[①]

清廷国弱垂，战乱百年悲。
都陷西洋寇，馆遭毁劫移。
蒋亡台岛日，逃拣尽精姿。
两岸双宫院，相望分璧离。
飘怜难共展，落泪有谁知？
统一根枝脉，他洲诉法宜。

【注】①北京故宫原收藏大量珍贵文物，鸦片战争中被西方列强大量劫掠。1949 年蒋介石去台又带走 65 万多件，现北京故宫收藏有 125 万多件文物。

声声慢

——去台大陆老兵 60 年[①]呐喊

金陵梦断，玉树声销，残军渡海潮岸。风雨飘摇，更恨缺员兵散。童娃学归补劫，路抓丁、室搜妻汉。叫惨惨，哭凄凄，母子岸船呼唤！

浪岛惊涛人乱，愁如织，三年攻回痴算！遥想归舟无际，黑鬓霜漫。想家巨洪难挡，禁终开、母墓前叹。万古事，若江流、风顺息澜。

【注】①1949 年国民党军撤离大陆时，到处抓壮丁，补充兵员，在舟山将放学的男孩子，抓去台湾充军。20 世纪 80 年代初，去台湾 30 多年大陆老兵身穿“想家”字样衣服，大批涌向台湾街头举行游行，蒋经国出于人道主义，被迫于 1987 年 10 月 17 日宣布“解禁”，允许老兵回大陆探亲。去时、归来，无数场面，泣鬼神，撼天地。

去台老兵探乡

梦里依稀离恨去，兵丁海岛唱悲歌。
长年泪落知多少，兄弟相逢泪更多！

历史性会谈

同宗一水若天涯，对峙兵戎哀物华。
六十寒秋云海暗，年年冬暑雾蒙纱。

春风送暖萌芽动，雨露融泥喜万家。
一握神州飘柳绿，遥看百里簇新花。

2005年4月29日

【注】2005年4月29日至5月3日，中国国民党主席连战应中国共产党总书记胡锦涛邀请到大陆访问，结束了两党近60年不往来的状况。

习马会面（三首）

一

狮城绝秀百花开，两岸先生久别来。
隔绝无言愁恨重，相逢笑语化尘埃。

天涯一水千帆越，咫尺云光共享陪。
世事应随时代改，长河滚滚响春雷。

二

月月望穿慈母泪，年年后代盼团圆。
相逢紧握沉云散，久别同台动九天。

初会春风兄弟暖，同舟沐浴一家牵。
山河必合时宜意，逆流难阻骨肉缘。

三

怒涛七秩水相联，未改同宗一国缘。
两岸同胞期盼统，望归慈母夜难眠。

波平水阔红霞染，风正帆扬碧海天。
骨断筋连兄弟在，心牵共识子孙圆。

访台思感（五首）

一

春雨微寒飞海渡，凋零白发入台楼。
兵戎未阻通航路，昔泪如流洗恨仇。

二

鸿飞碧水情潮涌，入地如归会众宗。
百折江流回海去，云消雾淡日成彤。

三

一水天涯六十年，今飞片刻念相联。
同宗恩怨风云幻，不断亲缘万古绵。

四

海峡无情涛作泪，长空雁断乱云飞。
东风不误沧桑变，古渡重开手足归。

五

两岸春光连水秀，青山明月两相依。
人间自古多分合，莫将亲情负众违。

【注】自《访台思感》以下至《邓丽君》为我 2010 年 3 月 8 日至 3 月 17 日访台期间所作“台湾行吟”诗。

访台湾地区法院

同宗两岸血缘牵，如故相逢话务联。
涌动往来难讼事，长宜共识解纷缠。

访高雄少年法院

破土之苗宜护育，苍松参立百年培。
传承爱子炎黄意，重教帮扶慎罚裁。

访台北故宫感思

宫分两地寒，精品隔空残。
万古遗存物，千年国粹冠。

名图分断赏，翰墨渡洋看。
忆昔烽烟日，流离当合安。

阿里山观日出

晨曦守日立峰坪，喷薄飞红百鸟鸣。
岭海流光林尽染，春芳燕舞远山晶。

日出云海

日出倚栏举目痴，银云散紫涌霞曦。
疑仙欲踏丹烟降，不语唯惊妙舞姿。

日月潭

日月相依一水中，银波雾幻气浮蒙。
遥看碧岛芙蓉露，疑镜仙梳玉眼瞳。

阿里山高山茶（二首）

一

雾润千层碧，云疏万滴泉。
香飘青黛外，味溢一壶渊。

二

峭叠翠连天，云端雨露绵。
清香甘味厚，尽得海山缘。

阿里山风情

青山叠翠连天碧，乐野苍茶盖岭屯。
昔垦男耕依汉俗，原民妇采靠茶繁。

风烟峻谷融谐合，日月溪林喜互存。
往事有缘终尽守，壮观可护共耘翻。

【注】阿里山在嘉义县东，其主峰为大塔山，海拔 2663 米，次为塔山，海拔 2480 米。阿里山为天然森林区，古木参天，其中一株老红桧高 53 米，树龄 300 余年，被称为“神木”。日本占据台湾时，大量桧树被砍伐并运往日本。

台中市

春风迎远客，宽道绿丛中。
夜市灯如织，晴街柳暖葱。

园林精巧致，亭阁碧湖融。
日侵残城迹，炮台泪雨风。

猫鼻头

碧海闲云南国远，雄图久念角头天。
今临坐爱听潮意，路转吟归绪万千。

过恒春半岛

云天海角五千年，风雨回首演绎边。
夷侵丧权遗恨去，归还又陷断音弦。

人间正道沧桑路，大地长河纳百泉。
半岛时光承日月，飞流两岸水牵缘。

过太鲁阁群山

深溪万壑幽层壁，隙缝光呈一线弦。
隧道悬崖桥卧石，流云叠瀑谷飞烟。
临霄百岳三千仞，傲峙南湖近尺天。
笋尖危峰骄五岳，横空雪岭壮梁巅。
松杉立雾鹃芳艳，猴燕穿林桧巨绵。
海角风花山水乐，观沧品峻此身缘。

恒春（二首）

一

柔风翠岛听潮悦，皓月阳春恋鹭鸣。
碧水云衣和一色，裙礁百褶景天成。

亭亭玉立槟香溢，滚滚涛来岸树迎。
莫道江南春丽绝，犹看海隅日光城。

二

沧海连云卷雪花，丹霞染织到天涯。
花红四季羞妍放，果硕终年色味嘉。

水产鲜肥摊挤满，坡田劲翠遍菜瓜。
神州绿岛东南秀，万里江山尽物华。

鹅銮鼻（二首）

一

一扇屏隅南海连，春施黛绿物灵全。
流飞两岸潮汹阔，交汇湾头激浪旋。

夜墨船航灯塔照，云横稳渡百帆绵。
沧桑搏击沉浮路，失复涛舟彼岸牵。

二

三月海天南国暖，和风绚丽百花繁。
千姿万物心扉展，百态礁林沐浴温。

漫道陵幽园曲处，逶蜒交错拐嶙墩。
先民史迹烟尘在，汉化艰辛日月痕。

台湾玉山[①]情

遒雄气度荡天风，绿叠奇岩傲雪空。
母爱无边纯美玉，亲情厚重化长虹。

感人传说倚门月，动魄歌谣盼族融。
古陆[②]名山胸里峻，东南冠绝亿年雄。

【注】①玉山位于台湾中部，主峰海拔 3997 米，为我国东部最高峰，山势陡峻，冬季积雪，昔人谓“此山浑然美玉”，故以玉山为名，气势磅礴，冠绝东南。②台湾原为“华夏古陆”的一部分，美好的传说颇多。

夜泛舟高雄爱河（二首）

一

暮色江天月起明，街灯映空共星萦。
游舟岸火花飞艳，闹市琼霄故国情。

二

爱水元宵光焰织，欣逢仇洞[①]古灯迎。
星空海市成云锦，玉宇琼楼月镜城。

【注】①仇洞是鸦片战争时期台湾人民打击入侵高雄英军的地方，亦称“打狗洞”。

东台湾风光

岸路苍蜒万丈崖，车驰浮落雾云阶。
光波楫行腾空尽，远影帆悬水色谐。

峡谷飞来流一线，峦溪涌奔入洋排。
天风送暖情常在，碧玉投波意永怀。

森　林

气暖多涵百树宜，松危桧耸遮天枝。
丛林墨绿千年月，鸟语花繁当久持。

花　季

行巧初春客沼平，晨霞染织百花英。
樱红蝶扑芳香面，鹃艳莺啼绕树萦。

一叶兰

一叶花开绝世兰，幽生海岛峻山峦。
寒流雪满青姿舞，春暖飞霞笑碧滩。

【注】在阿里山夜宿一旅馆，见一棵兰花仅一叶且花艳，名一叶兰。

邓丽君

寒生丽质金音振，素色香风脆悦才。
玉影芳姿春缀损，琴心含笑世间回。

西安佛指舍利赴台湾

禅连宝岛情如海，佛指长安圣驾台。
僧涌虔诚千百万，同经佛语法门来。

2002 年 3 月

平潭和台湾

岚台一水雾云连，两岛情牵祖上缘。
适与千年同贸易，今逢岁月各赢钱。

潮平岸阔迎亲渡，浪起帆悬探访绵。
不尽歌声惟共识，新篇谱写族宗联。

2016 年 7 月 18 日

平潭近访

难忘昔日风沙舞，更记无檐石屋情。
碧海涛声帆影碧，波高浪卷舞鸥鸣，

麻黄木隐繁花放，榕树连楼绿翠城。
实验新区飞跨越，同台合作共双赢。

2016 年 7 月 19 日

浪淘沙·平潭岛

沙岛越千年，渔业绵绵。扬帆猎海雨中天。
远去东边船隐见，知向谁边？
往事已如烟，沧海桑田。春风万里革新篇，
贸易初兴赢两岸。何日团圆？

2016 年 7 月 20 日

采桑子·石牌洋

碧波浩瀚云天接，耸石如帆。
沧海扬帆，石帆砥柱欲宇衔。

随波犹去同宗岛，相会情搀。
殷语情搀，喜聚同胞着丽衫。

2016 年 7 月 20 日

向金门供水（二首）

一

离别七十年，相望岸两边。
同宗源一水，兄弟钦同泉。

口渴家人急，输甜祖上缘。
思圆民意切，夷语恶阴鞭。

二

久悉同胞缺水源，毅铺输管八千繁。
甘甜净露穿滩海，涌润亲人拆旧垣。

2018 年 8 月 15 日

第五辑 情系山河

辑首诗语

万里江河历岁滔，千峰峻壑卷松涛。
多娇绝色神州秀，叠石层悬月上高。

登黄岗山

跃上千峰叠，身浮雾幻中。
仰天三尺近，俯首万山重。

☆这首诗发表在《香港文艺报》2005 年 1 月 1 日总第 12 期，并荣获“诗情画意话香江”优秀作品奖。

黄河·冬

咆哮万里入云天，雪拥山河顿失烟。
涌动冰层潜水急，无声听有滚雷传。

1976 年 1 月

登庐山

雄峰腾峙大江边，登顶流云似有仙。
极目吴天湖水阔，飞龙入海万涛烟。

1984 年 8 月

武汉东湖

湖光碧水拂秋枝，黄叶生凉景更奇。
渔父不知何处去，行吟泽畔水清兮[①]。

1984 年 9 月

【注】①屈原《楚辞·渔父》中，渔父“行吟泽畔”，曰“水清兮”，“水浊兮”，“可以濯吾足”。现武汉东湖建有行吟阁。

月牙泉

巨盆天造舞鸣沙，月涌泉牙水绽花。
若是嫦娥知景异，应惊绝妙欲回家。

1995 年 6 月

九华山

缆上天台百嶂雄，丹崖玉树叠浮空。
群峰九九飞泉瀑，八百祠庵雾海中。

2001 年 10 月

三江口

三江入海涌流开，浊浪排空激水来。
碧水丹山天地美，同生护应九州怀。

2004 年 12 月

游三清山[①]（六首）

晨

天门紫气晓晨开，冉彩霞光晒岭苔。
日破云天千嶂染，红妆顿着九重垓。

上

沉沉一缆喜升空，仰目云天百笋葱。
圆梦今飞游万壑，天门直上玉清宫。

览

久闻丹嶂斧神工，今日游人上险空。
紫气千山飞岭涌，苍遒万壑势奇雄。

悬崖峭壁松涛里，栈道清溪雾幻中。
秋至飘香黄叶染，春鹃谁待满峰红？

夜

峰云水月开天地，黛色朦胧影幻中。
玉兔探松犹有语，三清高接广寒宫。

下

秀色移情醉下宫，回眸群壑入江东。
玉皇送至天门[②]口，天上人间一线通。

思

造化神州奇艳峻，东南一脉[3]耸姿娟。
匡庐眺览江湖远，五老流云入楚天。
钵盂奇松云雾海，黄山顷刻景无边。
山雄独绝仙葩美，雾幻三清壁瀑悬。
碧水丹山成玉女，长溪九曲翠流烟。
江南萃引云游客，乐水晴和顿悟仙。

2004 年 10 月 2 日

☆这首诗发表在《香港文艺报》2005 年 7 月 1 日总第 14 期。

【注】①三清山位于江西省上饶市，又名少华山。因山中有玉京、玉虚、玉华三峰并列，如玉清、上清、太清仙境中的最高尊神——元始天尊、灵宝天尊、道德天尊，故名“三清山”。其中玉京为主峰，海拔 1800 多米，三峰冲破云霄，奇峰百异，壁立千仞，气势浩荡。②天门即三清山南天门，可达玉京峰，南山上去可达玉皇顶。③从地理学角度看，从庐山到黄山、三清山、武夷山是一条山脉走向，这些神奇壮观的山脉构成我国东南一幅绝美的画卷。

宁夏行（二首）

沙　湖

碛抱葱湖群鸟舞，香蒲簇涌伴春苇。
鱼多塞外鲜肥美，疑是江南不思归。

贺兰山

叠岭清幽云雾绕，潺泉壁画尽窈窕。
金戈铁马音犹在，无缺贺兰[1]报君晓。

2002年5月

【注】①即贺兰山，北宋爱国将领岳飞曾镇守此处，防金兵南下。岳飞在其《满江红》一词中有“贺兰山缺”之句。

黄山（三首）

一

沉洋八亿年，一峙耸苍天。
浆积冰川月，寒风结石绵。

流云峰竞秀，雾散瀑空悬。
奇峻成仙古，飞泉响似弦。

二

天海莲花第一崇，天都携手共飞雄。
三峰巧峙穿云雾，一屏亲迎笑客躬。

石笋丹霞观怪石，芙蓉一品赏姿红。
千山叠拜争奇秀，飞泉挂壁彩龙虹。

三

八亿年[1]前海底中，天惊石出造山雄。
登观绝巘三千里，俯视危峰百笋崇。

峭壁劲松悬缝石，烟崖茂树展苍功。
千巅万壑飞云绕，雾海浮流幻影穷。

2001年12月

【注】据地质历史学家考证，8亿年前黄山一带位于古扬子海海底，南缘江南古陆，后经古代震旦纪、泥盆纪、三叠纪等地壳运动及后来的燕山造山运动，花岗岩浆如竹笋冒出，后经冰川风化亿万年，造就了如今的黄山奇峰自然奇观。第一首诗写黄山形成，第二首写黄山峰、松、云、雾奇观，第三首写黄山地理分布奇景。天海莲花、光明、天都、玉屏、蓬莱、芙蓉、北海等均为景区名。

六盘山

雄横黄土界山连，北国渭泾分水泉[①]。
灭夏天骄披甲崩，驱夷伟杰志宏篇。

天河一揽千峰秀，危岭纵观万里绵。
日月星移民意急，沧桑演绎庶黎天。

【注】①六盘山高2928米，是陕北黄土高原和陇西黄土高原的界山，是泾河、渭河分水岭。

过大连

傲啄雄鸡屏北国，沧桑盛辱五千年。
登台览胜辽东阔，伫海观涛碧浪绵。

岛满松槐皆滴翠，街宽馆阁历风烟。
花园抱市多楼异，展翅腾飞气浩然。

2005年7月

天　山

一峙开南北，骄横万里烟。
霄锋莹积雪，映岭射云边。
七万冰凌柱，条条玉蟒旋。
夏融流地溢，润物两盆鲜。
碧澈天池水，飞瀑彩练悬。
纵倾沧海墨，神态状难全。

☆这首诗于2005年7月25日在福建省文联、台港文学选刊、香港文学报社、香港文艺报社联合主办的第三届“柯顺杯”颁奖晚会上朗诵。

清平乐·大同①

雁门南屹，关隘魏都月。
石窟精雕殊奕越，木塔应州艺突。

金龙壁九为鲜，悬空一等千年。
风物生情挺秀，郡魂长锁流泉。

2000年8月

【注】①386—534年，鲜卑人拓拔氏立魏国，建都大同，曾统一黄河流域，史称北魏。

西藏行吟

朝辞锦市飞峰越，俯瞰高原峻雪绵。
光洒千姿云雾起，红妆素裹俏冰妍。
雄宫端座祥云处，香客忘心拜殿前。
朱尔甘丹今可在，颂经讲律祈苍天。
峰危雪皑融流急，江滚春涛化命泉。
润物衍生牛马健，滋长灵类睹鹰旋。
高居折腰看吴楚，尽现春潮百卉鲜。
西部开创时不待，同胞共建小康篇。

1999 年 9 月

新疆行感

三山拥抱双盆地，八国环镶万里边[①]。
风卷遗城迷大漠，雪滋桑柳绿洲田。
平湖明镜冰山影，赤焰瓜黄熟透甜。
丝路飞车驰速越，葡园客涌喜绵绵。
擎天黑白[②]金银柱，盛汽燃明长夜天。
百万雄师边垦戍，军民各族共防坚。
莫愁青史谁评说[③]，今已立馆褒碑贤。
长史戍边戎马月，宁疆唯武谱新篇。

2002 年 7 月

【注】①三山，即阿尔泰山、天山、昆仑山；双盆，即准噶尔和塔里木盆地；八国，即阿富汗、哈萨克斯坦、吉尔吉斯斯坦、塔吉克斯坦、巴基斯坦、印度、俄罗斯和蒙古。②黑白，即棉花、石油。③1843 年林则徐在伊犁戍所，为送邓廷桢奉命东归时所作诗中云“青史凭谁定是非”。现伊犁戍边所设有林则徐纪念馆。

去葡萄沟

久慕新疆美，今临绿翠沟。
漠原平远阔，热日火当头。
焦岭焚风烤，清溪侧谷幽。
葡蓬层叠架，桑椹柳边售。
凉诵游憩处，空垂硕稔稠。
维姑篮挽采，笑语伴歌羞。

2002 年 7 月

杭州晨一瞥

楼观沧海日，门对浙江潮。
云水红胜火，涛声婉似箫。

雾开天地阔，露闪嶂姿娇。
远眺萧山处，群楼丽隐遥。

2002 年 10 月

咏果子沟

群峰蜒路耸长空，果异花奇沁肺风。
泉伴松涛鸣翠鸟，桥牵两谷映苍穹。

悬溪绝顶沧桑木，流落峰回古壑峒。
白练遥飞山泻瀑，西征犹见木真弓。

【注】果子沟是通往楚河、伊犁的大道，此路是成吉思汗西征时开辟的。

庐山·冬

霜月客游时，寒光照雪祠。
劲松依壁笑，风竹拂冰枝。

万里江天雪，千年日夜嘶。
春来如欲览，当是百花姿。

1984年12月

庐山三叠泉

三层叠瀑飞峰下，五老洪流不尽泉。
若带银绢飘洒舞，星河玉帘彩门悬。

2018 年 9 月

【注】三叠泉瀑水源于五老山，三级岩层折落玉川门千尺之下，犹如帘钩。

富春江行吟

晨辞西子畔，舟破浙江潮。
沧海喷红日，江波映紫霄。
雾残千峙绿，水润二乔娇①。
浪送山迎客，轻舟画里摇。

1994 年 11 月

【注】①二乔娇：吴国乔公有二女，长得都很美丽，史称“二乔”，大乔嫁给孙策，二乔嫁给周瑜。

长城怀思

巍蜒北国越千年，烽火烟尘血肉篇。
演绎壮观民族韵，沧桑轶事九州传。

春秋战国防边患[①]，秦赵诸邦筑固坚。
忧国长河何日少，时风吹断古人牵。

【注】①防边患：战国时，秦、赵、燕等国相继建长城，防止邻国侵犯。

过泰山

晨车疾驶峻山丛，磅礴长空紫气曚。
八极[①]今知真实意，群峰忆古更为雄。

封禅祭祀千君帝，托祖虔诚万代隆。
变幻风云桑海路，时移运转与民同。

1965年7月

【注】①八极：汉武帝赞叹泰山曰“高矣，极矣，大矣，特矣，壮矣，赫矣，骇矣，惑矣”。大诗人李白诗有“凭崖揽八极，目尽长空闲”。

泰宁灵韵

丹霞万古世惊殊，碧水西流①入翠湖。
卧穴寒栖攻仕处②，风餐苦读出贤儒③。
汉唐雄镇藏山水，两宋名城隐念书。
百里溪崖灵秀美，天人合一洗心愚。

2006 年 1 月

【注】①西流："天下无水不东流"，但泰宁县城金溪水偏偏向西流了 15 公里。②攻仕处：历史上，特别是宋明时期，一代代儒生跋山涉水，到泰宁隐读于岩穴。③贤儒：历史上泰宁出过两位状元、50 多位进士。

题碧岩寺

绝岭悬峰临浪海，寺岩突兀慧门来。
堂垂碧叶长年树，吊串银花九月开。
左侧枇杷年岁远，右边龙眼古僧栽。
飞云甘露归空净，梦枕栖霞似脱埃。

【注】碧岩寺位于福建省罗源县的临海悬崖，位置独特，景物尤异。

嵩山（二首）

一

一寺迎来四海人，三千弟子艺功真。
嵩高亿载雄风在，更显今姿日月新。

二

中州叠嶂形胜绝，壁仞云悬峻岭巅。
览古帝皇多祭处，观今客涌五洲全。

吟昆仑山（二首）

一

巍横万里绵，耸刺白云天。
暑月峰飞雪，冬凌万柱悬。

二

三雄①晶素裹，姊妹②玉娇妍。
阿母瑶池宴，犹闻穆王翩③。

【注】①三雄：昆仑山西段新疆境内的公格尔峰（7719米）、公格尔久别峰（7595米）及号称“冰山之父”的慕士塔格峰（7546米），并称昆仑群峰的“三雄”。②姊妹：指昆仑山东段青海境内的玉珠峰、玉虚峰，二峰遥遥相对，称“姊妹峰”。③穆王翩：传说前11世纪，周穆王西游到昆仑山和天山一带，西王母在瑶池宴请他，并纵歌起舞。

张家界

深滋三亿八千年，未识人间有洞天。
绝色羞花藏不住，真容闭月遍洲传。

幽雄险秀争巍岫，彩练流飞出万泉。
沟野峰奇云雾绕，千枝妙笔绘难全。

黄石寨

梅兰竹柏门迎客，险曲登云楚宇开。
百笋群峰萦雾幻，千岩一柱入天嵬。
遥望万壑飘涛屑，顷刻千山涌沫埃。
欲摘飞星银汉渡，乘风冉冉看仙台。

天门山

独尊孤峰欲刺天，洞悬千仞碧空玄。
扶摇破雾通霄路，拔地云开似会仙。
俯嶂群山遥瞰小，仰峰瀑布挂前川。
高僧老道官文聚，墨客岩峦尽隐贤。

凤凰城

万古钟灵花月韵，千年雨露润无声。
湘西秀出烟霞镇，土族培成滴翠城。
台阁蓬船观俯渡，楼檐吊脚影相迎。
街堂寺塔游人满，不逊江南别有情。

庐　山

百垩造庐褶岭重，冰川雕割削奇峰。
烟霞顿染苍林翠，叠瀑俄飞玉雪龙。

雾幻云腾难识貌，清风柔袭有缘逢。
登观万壑千山仞，俯瞰湖波百里彤。

云南行吟（三首）

云南三江①

板块漂撞上古雷，山翻海立峙凌台。
如霄雪域天涛下，顿击危崖石怒锤。
万里并流三江急，千波类剑劈山开。
雄滔万壑烟霞起，诡异群峦险绝埃。
碧野金沙腾玉屑，横空怒水不重回。
悬河一泻多层瀑，玉带云浮迭岭来。
造化奇观姿色美，风骚独领世宏恢。
流芳丽雨银河泽，梦幻人间绘彩魁。

2007 年 5 月

【注】①三江：即金沙江、怒江、澜沧江。

丽江古城

三江万里飞峰降，撞击重峰怒折弯。
瑞雪天成金水润，湍流上古夺雄关。
川泉入市街流网，过水临门众悦颜。
多道群桥潺水澈，三坊一照院深闲。
难能此处存幽态，夜思民间忌污患。

2007 年 2 月 26 日

三江源之歌

万里云河叠岭来，巴颜北麓出凌台。
飞流啸瀑虹如练，一泻腾涛九省埃。
唐古冰川南侧雪，峰霄玉骨烁晶堆。
千流会聚腾龙降，万水成江辟海开。
百曲澜沧源沼泽，三江并涌滇峦雷。
滋林润苗东奔急，浇灌南亚不复回。
泉液生繁蕃岭岳，乳渊济世两山培。
神州一览多娇色，画卷原魂在母胎。

大 理

汉代郡成元置路，悠悠千古物天华。
三江泻雪苍茏翠，万顷流芳日月花。

十九峰回溪淌秀，三雄塔映海飞霞。
一山昼夜分寒夏，十里同天暖冷差。

走近黄河壶口（二首）

一

咆哮万里入壶渊，狂激腾珠瀑击天。
震峡排空雷荡宇，峰横浪立雨飘绵。

雄风一水分秦晋，九转云霞入口泉。
临境忘归银汉路，疑飞喷玉外星田。

二

万古奔腾急，飞壶雾涌天。
悬河虹彩练，色染紫霞烟。

劲雪冬封艳，珠帘玉衍妍。
龙腾冰象美，四季景雄全。

海南行吟（二首）

三亚市

一

浪拥天涯卷玉沙，琼楼海角映天霞。
仁人古谪荒凉地，今结良缘此戴纱。

二

南天秀水树花奇，碧海群礁万里池①。
四海游人欢逸处，金滩男女浴多姿。

【注】①万里池：中国南海群岛，汉称“磁石”，唐称“长沙海”，宋称“万里石圹”，明称“郑和群礁”。

万泉河

五指泉飞百里奇，山河迭伏耸椰姿。
槟香溢宇泉河美，椰汁浓甜客旅宜。

太子[①]曾流荒野寂，青梅投爱暖寒枝。
无忘渡口群情意，御赐全河报恩时。

【注】①太子：即元朝文宗太子，后为元孝帝，1320 年因宫廷倾轧而“出帝，居于海南”达 3 年 6 个月之久。期间与美貌女子青梅结为夫妻。文宗称帝，不忘情谊，升此处为建州，御赐万全河。百姓建庙祭祀，至今香火旺盛。

过镇江（四首）

一

大江南北一桥连，从此瓜洲古岸偏。
地扼山河通四海，飞车胜渡八方船。

二

一览江天百感绵，风骚独领数千年。
春风岁岁江南绿，古渡流丹缔路缘。

三

眺北扬州云水挽，焦山入目枕江流。
飞腾叠嶂无穷秀，海嚼双丸[①]壮万秋。

四

联姻甘露前朝戏，恋却情潮不思归。
阻水危墙[②]今已废，滩楼盖满绿林围。

【注】①双丸，指日月。②危墙：当年甘露寺外滩设有高墙阻止江水入寺。

南乡子

——登镇江金山

穷目碧空收，眼底飞涛入海流。远黛近波千岁月，悠悠。往事如烟泻悦愁。

人杰拓灵畴！沐浴春风叠翠楼。滚滚滔如飘带媚，难休。天堑飞桥绝古秋。

黄果树瀑布

白水飞流泻叠峦，腾滔断落九层弹。
云垂烟接悬天练，若柱珠帘倾碧湍。
喷溅纷花三岭暖，轩波顿作五缤丹。
倚栏俯目游龙渡，观瀑纵横泄雪滩。
峡谷回流音似曲，林亭雾绕行人欢。
遥望瀑布前川下，顿着长虹挂彩澜。
迷雾笼纱如梦幻，相逢喜色月门看。
千姿百态犹霞放，疑是瑶池易地盘。

重访宁夏感吟（四首）

银川到腾格里沙漠

绿野千秋碧，金沙万代黄。
方网流漠锁，草格地封长。

河秀杨芦翠，峰青鹭鹤翔。
飞烟车笛远，云海染霞光。

再去固源

访别十年犹在目，风残小草卷尘埃。
黄沙滚地今无影，稻谷飘香扑面来。

沙　湖

碧野联天路，金秋溢果香。
芦湖沙映水，草木蕊腾芳。
藕洁残荷下，花红满岸旁。
黄河腾万里，润物细流长。

沙坡头治沙感怀

大漠前沿埋古城，秦皇汉武苦劳征。
扬尘不畏千秋堵，滚碛难拦百代情。
风助卷沙飞万里，丘移掩道推庄平。
防沙代有新人出，锁漠今创网战惊。
野扎千营栽地草，封沙万塞育芳坪。
林生漠退铺长格，草衍披青断驼行。
生态长河原脆弱，无保岁月莫重耕。
天人造化养繁绿，同在和谐靠水生。
绿满葡萄香溢远，红了枸杞五洲迎。

【注】草格、方网是中国首创的治沙法。

皇帝洞游吟

飞泉挂瀑云天下，绝壁峰悬雾谷升。
积翠涧流心旷处，喧音曲异耳闻声。

凌空峡隙穿桥路，危石悬盘叠万层。
葱岭苍绵兴致远，琼瑶衍絛绕山登。

喀纳斯湖情思（二首）

一

深谷藏娇历亿年，风姿媚态密林仙。
金珠玉盘淙泉奉，银镜梳台映汝娟。

记否天骄鞭起舞，惊停万马不能前。
愿君净土宜长住，莫负人间一脉缘。

二

雪皑晶莹舞玉龙，葱茏蕴媚渡云重。
舟飞谷底湖波卷，彩练层林染秀峰。

友谊峰

冰峰万仞云天雪，四国[①]同围一柱悬。
低谷冰川湖映月，鱼台[②]仰目赏银巅。

【注】①四国：友谊峰四周有中国、俄罗斯、蒙古、哈萨克斯坦四国。②鱼台：景点，可仰望友谊峰雪景。

魔鬼城

魔鬼谁知何处去？风残塑貌万千年。
犹城入目阴森立，蚀石回看尽画笺。

肆意狂风驰万里，嘶鸣震撼四周旋。
雅丹险峻洪流急，寸草无生黛色绵。

火焰山

仙年大圣曾何在？灭火留丹巨谷中。
赤土霞飞腾热气，黄丘闷闷盼凉风。

秋时午炎疑回夏，落日寒来又烤烘。
上古纷繁多奥秘，如今四海说猴功。

天山雪

凌霄送雪飞，山舞卷峰威。
夏液天池出，滋繁地物肥。
葡萄晶串玉，红柳丝条辉。
叠叠坡中井，层层引水机。
香梨王母宴，远客拱临围。

天山云松

冰川冷岭闪星光，峻翠云松刚毅扬。
耸直千年幽挺拔，如兵勇锐守边疆。

重访天池

寻诗再度访天池，西母未来客攘熙。
不带相机频拍景，手机时下最方宜。

杭州西湖（七首）

泛　舟

黛翠云山三面水，波含妩秀四灵开。
游舟点点传歌笑，尽是天涯伴侣来。

苏　堤

如丝漂练似荡胸，卧枕长波携两峰。
烟柳六桥腾画卷，迎来妙笔绘千重。

平湖秋月

阁俯凌波浮皓月，仰望河汉烁群星。
思知宇宙谁联织，一碧湖天两界屏。

荷　花

曲院风荷沾露鲜，池湖玉叶接云天。
何来细语鸳鸯处，尽亏荷花一线牵。

桂　月

三秋桂子知时节，岁晚红黄万点开。
宫月天香云外落，人间馨溢地飘来。

湿　地

秋芦火柿各飞霞，岸柳轻舟伴水蛙。
但愿西溪长久在，不教污染毁天华。

龙井茶

潺溪翠竹水鸣蛙，碧叶苍坡岭绾霞。
满座茶庄香四溢，亲朋品叙木楼家。

雨游新会小鸟天堂（二首）

一

一树河墩四百年，成林滴翠密遮天。
千层百叠根缠结，万发垂须众鸟旋。
暮宿朝飞寻觅食，晨回夜出井依然。
清溪一叶惊鱼跃，细雨斜风别样鲜。

二

碧水苍葱一棹来，榕桑翠竹映波回。
惊飞众鸟遮天日，暮色群归满树哉。

登天山

水色千波秀，山藏万叠姿。
仰峰云接雪，俯瞰日沉池。

登黄山

云飘山色异，细雨异姿移。
日出霞光近，残阳染秀枝。

山　景

山花漫谷千姿秀，岭树危峰耸立悬。
飞瀑川流声脆耳，凌桥倒影日衔泉。

青云山

飞川练瀑溅溪台，七彩空悬百色开。
藤柱千姿撩远客，榕根万结动情陪。
恐龙灭绝传奇古，化石遗椤满地栽。
跃上清池坡甸处，芳茵万亩犊牛来。

2001 年 11 月

千岛湖

舟穿碧水岛中航，各异芳姿百态昂。
碧浪波花翩起舞，轻舟起伏荡帆杨。

旧城水底无踪影，新市楼边侧映光。
往昔桑田成岛海，江山易改月如常。

泛舟新安江

软软溪风逐悒忧，峰云两岸静幽幽。
舟如行镜屏中渡，惊起沙鸥不掉头。

江南园林

江南锦绣多奇丽，历建园林巧夺天。
漫步亭池天下境，游廊栩画古今篇。

明清雅致花桥异，今继雕栏色秀鲜。
荟萃苏州精占首，湖光西子大园先。

北极村

身临北极一枝花，点缀民居数十家。
夏季霞光朝夕近，冬时白日露身差。

北极光

夏至生光异，缤纷六色奇。
残阳多丽变，远眺幻神姿。

漠河四季

春

冰封千里地，雪舞万山巅。
日暖阳光照，风和滴水悬。

墙根生绿草，岸柳吐绒鲜。
梦晓窗光入，春潮满眼前。

夏

万里兴安岭，茫茫碧野林。
江河多妩媚，雾露闪光临。

云白轻如絮，地凉气透心。
问君何处有，生态贵难寻。

秋

霜天万里黄，五彩染山香。
气爽窥秋旷，林深采果忙。

灵芝成药物，尖菇做佳汤。
收获多欢悦，防灾更紧张。

冬

素裹连天艳，红妆万里娇。
冰雕生媚态，雪塑艺高超。

夜幕霓虹起，长空绵彩飘。
游人来四海，创业路千条。

观音山

苍松翠木密林丛，玉佛观音端坐中。
聚满游人诚敬意，烟香弥漫作仙宫。

福清万石山览胜

岩貌奇观久闻晓，今游顿觉有情缘。
群峰映海烟涛远，帆影争流水没绵。

波阔朝花红似火，斜阳辉照日沉圆。
雄浑怪石千层叠，欲裂翻腾赴浪旋。

访罗源湾

浩湾岛峙两亲持，唇吞沧涛万顷池。
岸耸层峦凌绝顶，山巍峭壁睹妍垂。

炉峰眺海千山拥，马石观潮万浪追。
波拍扶摇声谷应，长思梦筑海城时。

辽东登老铁山观沧海

担挑黄渤海，直刺弄潮头。
气爽天高阔，涛腾碧水柔。
清浑分海界，对峙辽胶喉。
塔引千帆越，灯明夜渡舟。

2016 年 9 月 21 日

本溪水洞

洞潜水涌沟千尺，客满轻舟顺次环。
百态钟乳垂吊柱，千姿异石低头弯。

羊肠路黑融岩下，狭道扶岩石击蛮。
觉境应随时势变，逢难当作解疑难。

2016 年 9 月 21 日

登辽东千山（四首）

一

殿藏林海紫烟起，百寺千山历古奇。
绝顶仙台红日近，凌空佛象白云移。

枫松劲秀悬灵石，岩岫飞泉串景姿。
道佛儒邻多瑞气，通幽流翠各施慈。

二

南有黄山云雾幻，奇峰绝壁舜移过。
游幽嶂峭千山庙，远眺林森万丈坡。

欲数青天花几朵，无边九十九香荷。
如问东北钟毓秀，峻石千山共月娥。

三

飞峙凌霄北国天，苍峰万壑出尘悬。
缆车越岭飘云外，徙步穿林入寺禅。

下岭回看绕迷雾，登车远眺钢花烟。
唐宗未足千山净，望月忧边入史篇。

四

横空出世千山峭，气养几多亿载前。
长白银装连广宇，辽东丽日跃升悬。

风融地润生灵物，演绎泉滋披绿绵。
独秀云峰连野碧，人间当惜峻林鲜。

2016 年 9 月 23 日

鼓岭羚羊山庄

云楼友聚空台阁，直面峰遥碧嶂天。
鹭舞莺啼怡旷处，鸡鸣鸭绿喜民田。

骄阳酷伏人樟下，宜爽如秋众欲眠。
若问蓬莱何境意，无谁到此不知仙。

2017 年 8 月 6 日

暑夕鼓岭之巅

峰峦万仞连空雾，一览江山上古年。
辟地遗存千峭险，开天造物百姿绵。

柔风作意迎城客，暑气情消夏日煎。
落日飞霞林尽染，海升明月峻巅悬。

登炉山天台（二首）

一

盘岭千层萌翠碧，云浮雾嶂海山间。
登峰远眺苍茫阔，仰目穹窿赏天颜。

二

峰峦万曲步天台，百叠茶波绿峻埃。
毓秀香萦千里客，轻烟冉冉海空来。

【注】炉山位于福建省连江县。

汀州城韵

汉县唐州千载月，明清置府史年移。
祥光端镇三州界，紫气川飞两岸滋。
入夜银河疑坠处，朝阳雾幻若仙姿。
六桥雅典凌空渡，一锁江流万户宜。
沿壁榕榆惊世劲，龙潭曲径聚华奇。

2018 年 7 月 22 日

长汀丁屋岭

客家古寨岭峰悬，丁氏千人世代延。
四面环山清气溢，八方松绕滴珠鲜。

依岩叠石云楼俏，入谷溪湖碧竹绵。
祠庙街坊同互守，悠然度外夜婵娟。

2018 年 7 月 23 日

第六辑 风云人物

辑首诗语

中华信史五千年，瀚海长河择几贤。
漫道人歌明日月，丛花各异俱其妍。

谒黄帝陵

久仰始祖，愧未拜谒。今六十有余，专程仰领，撰诗以敬。

吾祖五千年，文明赫赫篇。
称雄平逐鹿，聚众服群贤。

精励传承志，图强似涌泉。
炎黄文化厚，一统九州天。

黄陵八景

桥山月夜

桥山万古松，雨洗劲苍容。
光洒千年碧，龙池纳月峰。

沮水秋风

凌波万代流，润树绿千秋。
透骨凉心目，吟声祖上讴。

南谷黄花

珠泉滋卉花，幽艳袭人香。
渊谷千枝翠，秋来万点黄。

北岩净石

雪舞长天白，桥如帚扫清。
冰融寒瘦石，默默笑春迎。

龙湾晓雾

九九曲回鸣，晨湾雾漫轻。
山多生雾气，紫瑞自腾萦。

风岭春烟

雾色春幽幻，霞浮出岭空。
疑如仙境界，迷妙谢天公。

汉武仙台

驱胡赫赫功，祭慰报宗风。
万古遗台训，留为世代忠。

黄陵古柏

惊天古柏绵，八万守陵前。
始祖亲栽植，虬龙碧茂天。
千年三万翠，冠越五千年。
汉武松悬甲，传奇若有仙。
桥山常惠德，桃李应深研。

2007 年 10 月

过羑里城谒文王祠（二首）

一

羑河傍北古墟城，树柏森森瑞气萦。
客敬文王深索隐，仰台囚姬[①]演经情。

奇辞泽世源流涌，哲理人间溢其精。
日月山川原有律，深研万物启星明。

二

冤囚羑里念民饥，八旬劳心探密时。
八卦[2]经传西伯易，韦编三绝[3]十篇奇。

文公本义[4]生太极，后学通幽察物知。
易学传薪研胜昔，唯真辩证似春枝。

【注】①囚姬：即商纣王将周文王姬昌囚禁。②八卦：伏羲研发八卦，周文王西伯推演为六十四卦，后称《周易》或《易经》。③韦编三绝：孔子晚年好《周易》，经常翻阅古代用牛皮绳穿起的竹简，并多次翻断。三绝韦编者即指孔子。④本义：即宋朱熹于1177年作的《周易本义》，认为宇宙间有太极派生。

秦始皇

帝始中华第一轮，雄才伟略万年真。
强兵励志图壮国，纳士深谋立大秦。
集制权收同律治，排封一统道文遵。
存亡二世千秋议，不息相传有几人？

齐鲁人杰赋

千古风流文采萃，辉煌出类史多章。
传闻仓颉[①]绳书代，从此如灯写日常。
霸主春秋齐为一，扶公管子助君强。
文宣大论宜王意，代代君臣治国纲。
孔孟儒文流四海，王朝迭宕吐芳香。
齐孙武圣惊天著，政要军家视计囊。
巨匠精工鲁班出，雕楼刻木万幢房。
中华治疾医先祖，扁鹊回生秘有方。
万古云霄名宇宙，千年流芳武侯刚。
王颜[②]墨笔生花处，同为琅琊出晋唐。
要术齐民[③]中外鉴，农经庶食积储粮。
清明一画[④]倾千载，艺绝珍图筑饰藏。
二词[⑤]豪情家国韵，泉湖傲显润才长。
东南倭寇疆滨犯，万里平波戚继光。
满腹经纶难苟俗，书抒志异[⑥]九州扬。
长河涌动名俊杰，兴学齐鲁育德彰。

2004年5月于济南

【注】①仓颉：传说远古无文字，大事用绳子打结记事，仓颉发明用图画代替。②王颜：即王羲之、颜真卿，二人均为琅琊人。③要术齐民：即《齐民要术》，作者为贾思勰。④清明一画：即《清明上河图》，北宋画家张择端所作。⑤二词：即辛弃疾、李清照，均南宋词人，济南人。⑥志异：即《聊斋志异》，作者为蒲松龄。

王昭君

君有超然志，和亲赴漠州。
兵戎交好靖，犹胜百千侯。

昭君博物院访吟（二首）

一

宁胡阏氏[1]汉婿亲，户晓黎安越重臣。
青史丹心铭刻印，传承报国卷书[2]神。

广场艺塑恢宏气，单昭英姿恩爱姻。
结好交和民族志，赢来千古话佳人。

二

宫藏绝色君难识，辞别丰容动帝臣。
踏北和亲宁数代，兵收罢战靖边邻。

明珠坠漠光飞焰，玉德金声照后人。
脱俗超凡民族杰，高枝碧叶绿疆春。

【注】①阏氏：匈奴单于妻子。②卷书从西汉至今越来越引起广泛关注，谱写了无数中华民族史上不同凡响的篇章。

长歌诸葛亮（二首）

入川前

汉末烽烟帝室倾，纷争群霸夺州城。
强曹已定中原乱，孙统江东富固营。
百战使君惶恐沛，篱居屡迭水云惊。
贫无立锥宏图滞，恨少谋卿沾露生。
五步草庐茅舍隐，隆中三顾雾开明。
运筹相印三分议，志决身为一统情。
受命危难生绝计，初谋胜敌弃城赢。
联吴抗操权宜策，巧借骄曹火攻兵。
赤壁三雄情百转，灰飞鼎立势初成。
会师入益浮云变，易地春来蜀地平。

入川后

封斟辅佐无疏近，济世安民各族荣。
浩气忠肝千古韵，深谋固蜀八方衡。
和吴既定关负守，因义刘张毁结盟。
白帝英雄宫崩令，金瓯诚托亮扶耕。
君臣一体流芳世，内外安联集广声。
治蜀清廉明谏制，栽桑颁律众心诚。
轻裘缓带扶阿斗，羽扇纶巾相父情。
八战八胜军史少，七纵七擒史书惊。
南征讨抚同施用，布德攻心贵滇平。
二表忠肠流血字，壮歌震古烁今鸣。
临危不惧平如水，剑胆琴心退魏兵。
庐舍六伐难酬志，三分未统势违行。
沙场累疾忠魂去，归路长眠定军营。
功盖三分终立国，名成八阵火攻赢。
如梅万世香常在，汉史沧桑有几名!

2009 年 10 月

感思杜甫

生豫巩村寒，卒船湘水滩。
少时图入仕，中作拾遗官。
难噎宫中禄，甘辞食野餐。
孤舟飘万里，坷坎水流酸。
苍疾为生念，穷残惦庶安。
边疆飞血战，社稷涕愁干。
五万唐诗叩，三秋杜笔澜。
承前兼启后，并蓄雅容丹。
顿挫微沉郁，研精动地峦。
开先创感事，墨触上苍銮。
万岁名千古，骚驰世巨坛。
声排吟日月，歌幼诵朗欢。
高处无灵眼，痴妃醉舞弹。
帝王荒墓草，如土少人看。
惟有兰章在，辉光永不残。

2016 年 6 月

谒韩文公祠

谪潮驱鳄扣民安，释奴兴文化疾寒。
若水苍生怀感念，江山易姓皆为韩。

【注】韩文公祠，即韩祠，纪念唐代文学家、潮州刺史韩愈，南宋（1189年）时所建。韩愈任刺史时，驱逐鳄鱼、释放奴婢、兴文化等，为民所拥护，为纪念他，潮州人将山水易姓，韩愈植树的笔架山改称韩山，驱鳄的恶溪改称韩江。

经柳州、潮州仰柳宗元、韩愈祠阁感悟

柳阁韩祠历代扬，还赢易姓衍华章。
吾过万水飞霜鬓，深悟民心镜月光。

【注】柳州，唐时为昆州，亦称南昆州，柳宗元被贬任刺史时，革除弊政，免民债务，释奴兴文，破除陋习深得民心，“世称宗元曰柳州”。

谒岳飞庙（四首）

一

苍松古柏郁森森，肃立游人泪沾襟。
一代精忠传不息，千秋颂赞到如今。

二

汤阴岳庙八方人，报国英雄永世春。
一片丹心明日月，光飞四海渡迷津。

三

弱宋请缨有几卿？山河岌岌国临倾。
唯能征战胡胆怯，尽义刀飞敌阵营。
三十功名尘与土，八千长路雨和晴。
权奸桧逸千夫恨，卖国神州第一名！

四

碧血忠魂万古存，如虹彩染九州门。
沉冤拨冗明天地，史记英名代代尊。

谒成吉思汗陵（三首）

一

气吞山河百万师，雕弓纵马亚欧驰。
风雷席卷天方国，独领风骚载史奇。

二

八百年前草野鹰，翔空破雾白云轻。
归来五百忠军守，远去烟尘独有陵。

三

铁甲挥戈驱万里，如虹气贯劈山移。
穷兵囊括中原国，血橹侵吞亚欧夷。

扩土纵横疆域阔，分封割据治理悲。
丹青万古雄风在，世史垂名大汗奇。

南昌参访“八大山人诗画展”感吟（三首）

一

金枝玉叶落荒尘，削发为僧避满人。
家学朱明文化韵，诗书画艺墨芳新。

二

清皇欲绝前朝室，恰似朱明追杀元。
开国驰威神鬼泣，亡君劫后殉悲昏。

乾坤运转浮云去，社稷如流逐角喧。
好酒旗风梅似杏，遗朱隐节艺留痕。

三

绘画题诗笔有神，经纶满腹后生贫。
今非昔日深藏恨，晦涩章情巧渡津。

阳关思古（二首）

一

戈壁敦煌念古碑，雄关历历汉唐骐。
金戈铁马关山月，霜剑沙场碎叶骑。

二

清晚边烽楚河急[①]，朝堂执定遣雄师。
阳关棺举宗棠愤[②]，平叛驱夷[③]史册垂。

1995年7月2日

【注】①楚河急：19世纪初，沙俄入侵我国新疆伊犁地区楚河流域，西北边疆安全告急。②宗棠愤：清朝廷对是否立即出兵收复新疆争执不定。最终力主抗俄的左宗棠意见为朝廷采纳，并被任命全权督办新疆军务。为显示收复新疆的决心，左宗棠命人抬着棺材开赴伊犁前线。③平叛驱夷：指平叛勾结沙俄的帕夏叛军，把俄军赶出伊犁。

悼周恩来总理

惊闻噩耗山河咽，陨雨天飞破雾倾。
举国沉沉纷泪闷，五洲悲切电哀情。

生年尽瘁忧民乐，长夜辛酬志浊清。
魂断西华含笑去，高山沧海壮英名。

1976年1月10日

缅怀陈毅元帅（三首）

一

格在梅兰上，品居竹菊间。
横眉千夫指，背脊与民弯。

二

松傍群峰立，岩边桂满山。
清泉梳碧石，诗韵润童颜。

三

破碎山河国难时，浩然凛义赴雄师。
赣南鏖战罗霄劲，梅岭三章血雨诗。
渔火江东弓射日，芦丛吴水斩妖夷。
江淮饮马挥鞭鲁，莱孟飞歼顽敌悲。
尽瘁黎民如父母，甘为孺子誓言词。
功成夜省多严己，磊落光明后世旗。

2011 年 5 月

卜算子·仰叶剑英元帅故居

梅水雁鸣飞，满目疮痍顾。
救国酬图壮志凌，从武红军路。

征旅一生谋，戎马横刀怒。
事不糊涂若吕端，救急如龙赴。

2000 年 3 月

浣溪沙·忆张浚生（二首）

一

如梦惊噩坠逝雷，
前年欢聚石狮陪[1]。
宏论犹在耳边回。

三尺讲台疑释处，
李桃解惑净心培。
开心微笑看红梅。

二

时代风云港九回，
英方阻障设危台。
君辞义正竭诚才。

为国图强排怪议，
回归施力世人裁。
英灵浩气畅民怀。

【注】①前年欢聚石狮陪：2016 年 10 月 14 日，我与张浚生、蔡丽双、袁俊华、蔡曜阳等一起出席在石狮市鹏山工贸学校举行的福建省人民政府为蔡衍善先生树碑颁匾活动。

星座永辉

——悼钱学森

巡空地外势如虹，纳宇航天探月功。
烁烁生辉名族德，晶晶星座闪苍穹。

遥悲痛祭伟人去，更念冰心正气雄。
激励文明智似海，期多学界出钱公。

两颗学术巨星永放光芒

——悼任继愈、季羡林两位国学大师

一日双星同陨落，东方语巨鹤仙乘。
名垂世界文坛杰，誉满中华国学兴。
哲理研精传启迪，梵文博贯解深层。
宗师九旬光千古，德配山河永仰承。

【注】2009年7月11日，当代两位学术泰斗任继愈（93岁）、季羡林（98岁）同日辞世。

南京路上好八连

2017 年 7 月 10 日，同香港诗友访南京路上的好八连并赠书，欣然作诗两首。

闹市繁华不染尘，迎春红杏总为春。
戎装愿尽今生志，皓月江天照世人。

名扬天下好八连，报国情怀意志坚。
勇立潮头营练武，喧哗不沾社区联。

铁人王进喜

斯人千古少，风范世间存。
知国油贫苦，子思报母恩。
铁人情激奋，率众战荒村。
搅动泥浆水，翻开地质盆。
油花飞溅焰，灯亮九州门。
辞别洋油日，争来国脉魂。
根长圆梦接，复兴故人温。

2019 年 5 月 28 日

中国女排精神

飞流热泪高台上，身后红旗冉冉情。
不息砥磨圆伟梦，传承挚爱力攀赢。

漫长雪月腾球韵，曲道霜晨扣杀声。
荡气回肠凌志气，雄心路上又征程。

2016 年 8 月 21 日

郎平（二首）

一

排风独有情，气势压群英。
堵若长城挡，击如铁棒倾。
创金奇迹异，教练屈指精。
青史垂名[①]册，傲霜与肩行。

二

高墙横堵八方兵，气贯长虹四座惊。
几度春秋云与月，沉浮奥运史英名。

【注】①青史垂名：中国体坛和国际新闻媒体及美国全国广播公司于2016 年 8 月 20 日报道“郎平名垂青史”。

谷文昌

舞岛风沙草稀时，网鱼猎海渡寒饥。
何来树绿花丛笑，尽得文公率众移。

袁隆平

民以食为天，隆平破解篇。
常年寒暑地，日走试栽田。

超级多交稻，奇栽碱水缘[①]。
香飘高产量，饭碗自端鲜。

【注】①袁隆平试种成功的水稻有高产、超级杂交、海水稻等改良品种，为全世界创新之举。中国现有15亿亩咸水稻地。

廖俊波

寒村地垅常见君，唯注冰心百姓勤。
突逝风传民痛泣，无声恰似哭声闻。

题柯宏荣夫妇陶瓷展馆

伉俪耕瓷五十知，连枝金榜共高师。
千姿艺樽清新秀，百态雕肌透逸奇。

冬冷春寒陶土捏，晨霜霄雨夜灯施。
含情授技深埋玉，桃李传承永树旗。

法官詹红荔

裁诉千宗重塑性，深含大义爱心攻。
如娘感教孩迷路，慈爱柔情返道红。

失足总留千古恨，蒙霜洗旧启新风。
心灵冷漠伤家国，雪雨春融化暖葱。

人民法庭老庭长

沉乡四十年，地气透心田。
弘法民为重，司锤律似天。
啸风疑啸疾，星夜欲调缠。
鬓白痴心在，钟情此世缘。

【注】2016年9月3日，在闽侯南屿法庭老庭长林礼勋同志攀谈，他从事司法基层工作40年，积累了丰富的司法经验，经他调解解决的民事案件达80%以上，他常于法于情耐心疏导，让当事人化干戈为玉帛，因此深受群众赞誉。我深受感动。退休后他被乡政府聘请为法律顾问，继续为社会和谐尽力。

惠安女

碧海蓝天沐丽婚，男工女耕撑家门。
冰脐赤足心灵美，托起千斤善母魂。

2005年10月

悼季良生

从军从政足纯真，晚务翁青亦细亲。
书法尤谙名翰墨，毛体模拟酷如神。

【注】2016年8月3日，季良生同志病逝，享年68岁。他长期在部队和地方老干局及关心下一代委员会工作，担当、负责、细心、周密，体现了一个共产党人的风范。善书法，尤以模仿毛体著称，作品被军事博物馆收藏。

菩萨蛮·阿拉木沙

蹉跎岁月磨成铁，
草原深处云和月。
地气汲清鲜。
为民尚意传。

忧众如急矢，
宵雨遒坚履。
尽粹敖包行，
暮年关爱情。

情结草原·遥寄阿拉木沙

初见情如故，风云笑语中。
流年春八秩，岁月印留红。

不改初心志，如初务孺躬。
夕阳无限好，关爱可还童。

【注】阿拉木沙从牧区基层干部成长为锡林郭勒盟主要领导人，心系草原一草一木，为盟区建设耕耘一生，勤政为民，深受群众敬仰。退休后，担任盟关心下一代工作委员会主任，为下一代健康成长呕心沥血。

曼丽双辉·题《曼丽双辉词集》

品填词俊秀，
菁华荟萃韵遐翔。
香江奇秀，
经纶满腹，
芦笙曲美悠扬。
枫叶如焚穿丽色，
桃苞吐艳沐春光。
峰回呼岭合，
内涵深邃似沧洋。

松涛啸咏，
雪浪腾彰。
骚苑吟风习习，
沉醉多番喜句昂。
绿艳红鲜处，
墨馥证沧桑。
今日新书将问世，
衷祝贺，
仗得琴心剑胆衍华章。

第七辑 生态宜人

辑首诗语

泥生万物艳人间，碧野山川竞秀颜。
共度依存花月好，清江莫令水污湾。

春

轻雷起雨江南绿，暖气吹花北国红。
万里河山春意弄，无垠菽麦兆年丰。
1966 年 3 月

随　感

日出霞光紫万千，窗含近岭色娇妍。
如能好景常相伴，芳树千枝月胜年。
1966 年 3 月于北京

春日（二首）

一

莺啼破晓惊春梦，帘卷东风吹绿条。
远上旗山鹃尽染，樱芳桃艳各姿娇。

二

嫩叶重重上柳条，清溪流水串鱼苗。
悬崖碧隐幽香溢，满谷鹃红蝶舞飘。

1998年3月

春　燕

万里寒山碧，天涯快捷归。
贴波花柳拂，不忍剪春晖。

春山景

守望青山日月陪，春来万木带花回。
无声瘦竹幽然翠，淡壶樵人背苗栽。

恋　春

春风吹绿千山秀，万物生机吐玉芽。
水暖鱼知欢觅食，池温蟆子满塘爬。

莺鸣翠柳神怡悦，鹊跃花枝喜万家。
欲得春风常笃驻，群楼切莫密如麻。

蟹爪兰

祖籍巴西国色花，天涯万里嫁中华。
瓣鳞插接仙人柱，叠翠娇姿舞紫霞。

1983 年 2 月

咏兰（二首）

一

幽溪峭壁气生兰，剑叶多姿绿玉妆。
露润肌茎青帐下，风云变幻自芳香。

二

黑鬓飞霜恋育兰，长年伴我雅娴观。
仙姿碧洁幽香绕，玉女灵颜秀色欢。

2000 年 6 月

兰

幽生碧谷存芳信，蜂觅芝兰气引来。
难隐故林香溢出，有情牵动万人栽。

养　兰

娇兰呵护备淳涝，一日三看察暖阴。
待到幽香飘溢出，牵魂有报育栽心。

兰　语

本居幽谷不嫌贫，松竹相依无染尘。
九畹香姿风韵展，惹来俗者挖频频。

春　兰

日暖冰融解，霜微滴露苔。
愿痴山谷静，不沾市尘埃。

九畹千秋韵，三春万隅开。
峰峦清气润，霾雾勿移栽。

建　兰

青姿劲挺如天剑，近迭名优入市华。
更有观闻香叶秀，琴台伴置曲无暇。

旗山兰苑

危峰艳翠百层苔，露竹丛幽面面开。
倩影悠姿娴静畹，清柔媚态溢香埃。
林泉谁隐存芳信，乡国人频访俊才。
若问高山流水处，兰园无愧是琴台。

2011 年 4 月 26 日于福州

辰山植物园
第三届上海国际兰花展观思（五首）

一

原幽峻隐万千年，不与人间共火烟。
骚客移迎栽九畹，君民喜育视花贤。
时今赴展群人面，来日风流四海妍。
愿坠香云先祖气，增优净染奉微娟。

二

人为万物精，兰是百花英。
养液空收氮，茎根气润生。
娇姿柔碧叶，婀娜暖心情。
一展全球宠，天涯共赏评。

三

品超六百种，苗越万千株。
四海争奇美，天涯献贵瑜。
花型多异态，色艳溢芳殊。
瓣似羚羊角，如猴面戏图。
寻回幽野韵，难隐谷中孤。

四

遍览辰山展，流连返客忙。
缤纷花色艳，飘溢蕊清香。
盛殖幽溪地，繁移寨邑芳。
三期知彼准，当拓用研商。

五

春秋种赏三千载，孔屈品兰德格先。
涧伏潜林留芳节，幽馨入市献黎贤。
香飘不露群花面，心素含情磊若妍。
八类国兰庭展少，殊知异艳欠香鲜。

咏　桂

金银丹月桂，楚汉[1]入华章。
植种三江[2]润，移来夺月香。

2004 年 4 月 8 日

【注】①楚汉：楚屈原《楚词·九歌》云："援北斗兮，酌桂浆。"汉班固《汉书·礼乐志》云："尊桂酒，宾八乡。"　②三江：闽江源的三江，即宁化翠江、永安燕江、三明沙溪河。

浦城临江九龙桂

古桂云冠万叠姿，南朝有赋刺天诗[1]。
金秋冷露无声润，天末斜阳暖朵枝。
翠腋丹心红亿点，霜枝落子百筲箕。
轻芬紫玉沉垂绿，谁待蟾宫相永宜。

【注】①刺天诗：据浦城县史记载，南朝宋县令江淹曾作赋曰："桂之枝兮刺天"，"香枝兮嫩叶"。浦城人称"唐桂"，因有九条枝干，似龙，亦称九龙桂。

溪源宫金桂

溪源惊世桂，穹盖折云光。
春叶千层绿，秋花万点黄。
幽峦繁露润，枝瓣溢霄香。
欲得珠英在，君应作玉浆。

水仙花

碧水冰肌结美姻，隆冬腊月孕香神。
天风舞雪知春早，第一先枝[1]亦慕亲。

【注】①第一先枝：指梅花。

紫薇归

银红翠紫薇，唐宋艳宫菲[①]。
古殖崇安[②]岭，移彰秉笔威。

2006 年 4 月

【注】①宫菲：唐宋时，宫中花园皆植紫薇，尤其是唐代。②崇安：现为福建省武夷山市。2006 年 4 月，几棵树龄百年以上的武夷山紫薇移植到福建省高级人民法院大院内，现碧翠芳菲。

李　花

李花冬月笑山开，疑是天门送雪来。
淑态银丛寒柳慕，清姿缟色玉梅陪。

2006 年 1 月 19 日于永泰

含笑吟

久润幽峦翠，含英百卉丛。
香芳飞雪玉，笑溢讼听中。

2006 年 10 月 26 日

【注】2006 年初，大棵含笑从武夷山移到福建省高级人民法院栽植。

九里香

滴翠姿优恋日霞，气宜喜润争秋华。
花催碧骨香云隙，雪艳惹来众蝶爬。

咏荷莲

霞红仲夏香，盖绿晚秋黄。
子实莲蓬孕，淤泥雪玉藏。
情系丝不断，伞绽气能凉。
万载颜无改，长歌丽质芳。

荷花田

映日荷田碧叶绵，芙蓉万点锦萍鲜。
优姿出水无泥染，十里娇香欲语莲。

杜鹃花（二首）

一

绚丽缤纷花色异，春鸣滴血染红开。
寒梅谢退群芳艳，更有繁鹃醉野台。

二

神州天赐国色花[①]，种类繁多织丽霞。
万里滇山云锦碧，鹃王绝世壮中华。

【注】①国色花：杜鹃是我国十大名花之一，历史悠久，种类有500多种，占世界近60%，仅云南省就有近300种。1984年云南腾冲发现一株基径3.07米的大树杜鹃，被称为“世界杜鹃之王”，比1915年英国人傅礼士在此发现并锯走的基径2.6米的杜鹃（现存大英博物馆）大得多。

傲骨红梅

百卉丛中嫩叶梅，春秋斗艳不争魁。
寒风舞雪花纷谢，铁骨幽香笑傲开。

古红梅园

四九花无观雪霜，凌风凛凛拂冬乡。
传闻郊野梅开信，兴喜离城去觅芳。
江畔冰枝先自暖，沿林玉瘦尽红妆。
何人此地栽红骨，万株含情暗送香。

武汉东湖梅园

东湖久誉梅开艳，差务幸逢遇有缘。
碧水连山波映雪，流香溢海荡青烟。
谁呼赏客纷纭至，惊叹观姿引洞天。
万木凌风枝欲老，千株朵朵满园妍。

南京冬梅（三首）

一

金陵飞雪催梅绽，铁骨含苞傲雪开。
千古楼偕烟雨夜，新城旧迹暗香来。

二

江风凛冽寒枝拂，落叶飘零满地黄。
纷谢群娇羞露骨，望春众木盼妍妆。
凌霜舞雪仙肌立，乳洁盈苞待暖香。
冰下水流潜有热，梅知节气领花芳。

三

金陵独有梅山暖，旧岁冰枝放玉花。
吾等临风衣觉少，众枝迎日艳晨霞。
凝云聚海幽香溢，飞雪衔园碧丽华。
树绿成林千里秀，梅催万物发春芽。

【注】南京是我国主要种植梅花地区之一，也是历来赏梅胜地，梅花是南京市花。据南京市园林部门有关资料显示，仅梅花谷、梅花山就种植梅花1500多亩，4万多株，品种达350多种，被誉为“梅花世界”。南京市区的主干道两侧也是梅树成行，真是“金陵无处不梅花，腊月寒冬尽飘香”。

咏梅品种群①

江　梅

江梅五十群，种种干披云。
粉白红香丽，长丝玉舞纷。

玉碟梅

琼花玉碟飞，三十格彰威。
绿底疏黄影，红霞月殿归。

宫粉梅

绿妆淡抹妃，九十宫粉稀。
三月幽香滴，贵惊别角[②]归。

洒金梅

飞洒劲扬眉，金铜古韵皮。
红繁桃色异，单复俏瑶枝。

黄金梅

五丽黄香淡，波纹迭皱冰。
清心迎雪笑，渡水[③]嫁金陵。

绿萼梅

萼如翡翠绿，托起玉盘恢。
碗碟长心白，层疏叠月台。

朱砂梅

胭脂点紫红，朵朵缀芳丛。
锦艳枝霞起，千姬舞日空。

垂枝梅

枝垂百态瑰，绯色见惊梅。
二月残冰雪，红台叠玉开。

龙游梅

冠干曲游龙，圆琼洁乳丰。
甜香繁密俏，二月嫩芽茸。

杏　梅

花开三月送春回，素白嫣红似杏开。
肌雪贵妃南国梦，金枝玉朵美人来。

【注】①群，凡有数字均为此品种中的种类。②别角：即别角晚水梅，世界罕见珍奇品种，全国独此一株。③渡水：黄金梅于 1985 年从日本引进。

鼓岭探梅（二首）

一

峰亭眺谷百层崖，朱白临风坼玉怀。
飞瀑前川声荡壑，寒松峻翠暗香排。
岩根紫骨今春意，俏朵临溪他日谐。
痴得游人无返意，谁知独秀在何崖？

二

霜凝嶂岭万花无，草木眠中待复苏。
独有琼姿知世寂，惟谙清帝闹冰娱。
朱砂妩媚迷远客，宫粉浮香招众途。
桃李芳须三月后，迎春岁岁领先驱。

雪岭梅

飞雪凌风傲骨苔，万花纷谢雪成灾。
枝枝点点羞红露，敢向冰崖破寂开。

寒　梅

江河万壑雪飞寒，峭壁千枝却闪丹。
隐报人间春色近，犹闻冰化涌涛澜。

苏北春思

一沐春风万顷黄，连天卷碧溢清香。
寻芳莫误时光好，燕入新堂筑巢忙。

开封赏菊花展（三首）

一

差务古都时，幸逢菊展期。
流年多迭卉，今日更繁枝。
佳友园台笑，幽人殿视痴。
三秋花尽少，敬汝与霜知。

二

中原十月西风冷，阔野千秋故国葩。
城满秋霞娇玉嫩，疑为春日岭南花。

三

云霞万朵秋霜杰，彩染层林晚节花。
桃李争春姿色艳，寒英傲笑露心华。

菏泽赏牡丹（八首）

菏泽，古为曹州，故菏泽牡丹又称曹州牡丹。其栽培牡丹始于明嘉靖元年（1522年），有300多个品种，计有红、黄、蓝、白、黑、绿、紫、粉八色，闻名国内外。其中赵楼村为主要产销基地，有700多亩，远销欧、亚、美、澳等地，故有“曹州牡丹甲天下”之誉。

一

四月风和烟柳碧，娇开牡丹溢流香。
游观国色人如织，蜂舞寻芳惹蝶忙。

二

柳絮春飞如雪舞，牡丹含笑带露开。
群芳艳色争媚妩，更有天香继梅来。

三

寒冬似萎三春发，谷雨妍开匝地晖。
卧墨青龙奇绝色，青山贯雪启心扉。

四

梅樱吐叶花残后，桃李轻红露妖氛。
更有杨妃春醉后，藏珍国色领英群。

五

四季花繁各异端，春秋草木绽雄欢。
唯能独占群芳艳，自古花王是牡丹。

六

紫霞云朵履趋痴，玉洁含羞欲语姿。
疑是洛神明月下，千奇异态不言吹。

七

无垠妆丽夺天光，朵朵娇柔欲断肠。
阅尽人间春万里，归来满腹念花王。

八

冬菊归眠满苑空，雪舞寻芳竹棚中。
却见梅花苞露锦，回看墨骨伴初红。
谁先粉面迎春早，接后妆妍晚亦功。
几日娇颜终恨短，觅芳蝴蝶又移忠。

【注】卧墨池、青山、贯雪、杨妃、藏珍、葛巾紫、赵粉等均为名贵牡丹品种。

紫玉兰

时到清风三月暖，迎来木笔妙生花。
毫端玉立新妆露，轻解霓裳吐紫霞。

玉兰花落

玉羽凋零苔地雪，随流红雨浪天涯。
新妆日翠莺啼绿，更盼来年万树花。

金花茶①

深藏桂谷不知朝，润泽晶黄夺目娇。
露世惊天传四海，人间如获物熊猫。

【注】①金花茶：1960年，广西南宁山谷里发现两株绝世仅有的黄色山茶花，被世人称为植物界“大熊猫”。

咏红白茶花

娇红片片华妆翠，嫩素银丛面面春。
谢送梅君桃引出，迎来富贵拜芳尘。

咏桃花园

十里妍红百里缘，鲜芳渐退绿荫绵。
花残坠水人流去，思盼悠悠又一年。

咏樱花

紫骨悬花叶未葱，香芳飘溢入长空。
红妆谢却青衣俏，引出春光隐绿中。

美人花树

借得东风绿玉肌，回酬秋日树花奇。
多姿献媚知人意，更惜其生刺护皮。

咏竹（三首）

一

烈日凌云自有神，霜天垂俏更稀珍。
株株拔地冲霄志，叶叶飘柔不染尘。

二

肌霜护碧入云枝，劲节分明接地滋。
叶伴清风同奏曲，莺临五更报晨时。
净空化雾蟾宫近，雨润排霾阁影移。
遥忆星洲花竹艳，舒宜凤聚景生资。

三

飒飒清风依水韵，幽幽翠色尽姿英。
临湖影静轻柔态，高节虚心淡世名。

红　柳

傲视流寒丛簇立，姿红酷暑不弯身。
江南碧秀君无意，塞外黄尘笑闹春。

咏茶（三首）

铁观音

友访正逢酷暑时，新茶近购适尝滋。
冲汤入盏香飞溢，顿觉神怡气爽宜。

武夷红茶

寒风入夜胃生凉，御苑茶香演艺忙。
口啜生芳心自暖，溪山谷岭有深藏。

碧螺春

江南做客太湖旁，碧水螺峰雾气茫。
嫩绿微黄春上市，紫壶泡得满堂香。

龙潭茶庄春日（三首）

堂　韵

依山傍竹傲樱花，丽日春红织紫霞。
岭水川溪流客座，潜泉入注到渔家。

六君争春

翠竹苍榕恋桂香，梅开浮动溢庭堂。
知时雨润樱繁放，吹暖桃姿斗艳妆。

山樱花魅

阳春逸赏山樱态，无意茶香瞟媚华。
蝶舞莺飞蜂欲醉，游人摄录眼痴斜。

咏菖蒲（二首）

一

潺溪边上剑微型，伴水常年乐曲听。
不与人间烟火共，悠然碧隐赏飞萤。
清贞无欲安寒泊，意净心甘享谷汀。
细巧灵舒香气雅，移园犹嫁丽宏屏。

二

蒲君隐谷幽溪静，变换时风不污灵。
丽质天华超世俗，柔姿瑞朴入园庭。
芒青二寸如须虎，绿脊三分似剑形。
若不湘江遗屈恨，何来岁岁插蒲屏。

旗山菖蒲苑

峰峦谷壑涧溪边，翠色连绵百鸟翩。
万朵泥菖香嫩碧，千盆水剑玉刀悬。
金钱大小多奇异，须虎宽纤尽品鲜。
微物园中神气秀，应知细雅更灵妍。

2016 年 12 月 8 日

上海韩湘水博园

静卧韩仓水岸边，流霞诉说几千年。
枝繁碍日天中树，叶映桥浮月外泉。
贵木奇花三样色，亭桥绝石七分妍。
韩仙不晓何方去①，留得楼台百姓缘。

【注】①传说韩仙子曾住此处。

江南春

高铁飞驰千里绿，轻舟岸柳远尘埃。
江南气暖花开早，万紫千红引客来。

临安太湖源春游（六首）

月　舞

红枫绿竹听泉悦，鹃紫松苍共岭眠。
起舞媪翁明月下，清风着意抚琴弦。

云　瀑

玉竹清溪常伴守，红梅劲柏共崖悬。
凝云峭壁浮层雾，瀑击流飞石上旋。

云　村

峰逼琼楼欲会仙，幽连玉宇月宫连。
通都大邑人车满，僻嶂云村别有天。

观　景

游人春色醉，动竹拂琴声。
景出岚溪合，悬奇石树茎。

眺　峰

叠嶂千层绿，泉飞两侧峰。
穹霄尘不染，极目万山重。

欲　问

晨林鸣客晓，午作碗中餐。
欲问鸡多少，天天满竹栏。

崇明行吟（二首）

一

西出巴颜腾万里，流沙临洋淀崇明。
雄踞浪岸长江口，对峙苏申一水鸣。
风雨民耕图垦月，霜尘演绎养林莺。
潮移湿地沉浮处，芦海江帆碧影晴。

二

奔涛飞泻出崇明，淤积滩涂凸海平。
日月沧桑田野绿，流年变易庶耘耕。
车临路网纵横驭，入目清溪草木荣。
万树丛中楼隐现，宜游户户客来迎。

西沙湿地

芦丛栈道尽游人，嫩叶葱茏倍感春。
钓诱蟛蜞洞穴出，贪馋上钩毁其身。
飘柔柳色飞温意，耸直松颜锐气神。
日落星升明月照，离窥盼复远烟尘。

嘉定行（四首）

南翔古镇

千年古镇迭尘烟，岁月流霞绘丽篇。
梁井塔双依旧在，唐风宋韵奏新弦。
街穿碧水熙攘客，柳拂灵桥戏汝肩。
百座群楼遥峙近，文明列榜访宾绵。

远香湖

芦色青青碧水流，花红岸柳静幽幽。
游舟伴鹭心无念，波镜鸳鸯自悠悠。

古猗园

园游若梦境仙萦，屏翠亭轩艺堪精。
存史明园风雨在，珍遗诸阁历英程。
终因浴血还缺角[①]，誓卫山河寸土争。
芳满春台幽竹静，池波殿角共峥峥。

【注】①缺角即补阙亭。1931年“九·一八”事变后，我国东北沦陷，南翔人民不忘国土缺失，造缺角亭以志国耻。

曲香廊牡丹

百岁天香两侧开，相望国色尽花魁。
期逢暖气千株艳，丽日丹心万朵台。

古树（二首）

一

樟巨翠苍容，施培几代农。
世人知气爽，惟有绿荫浓。

二

亿片枫杨幼叶鲜，冲霄榆直扎根坚。
樟冠万叠腰围丈，松劲千鳞百尺悬。
银杏穿空云雾里，贞心若塔欲攀天。
试问树茂谁培育，尽显传承护木员。

芳　艳

群芳异色竞争开，月月轮流入旦台。
荷夏梅冬知冷热，桂秋霜菊送香来。
精耘巧植千株类，绘锦天工百亩栽。
惊世星洲[①]花景丽，赢来四海彩云回。

2016 年 4 月

【注】①星洲即新加坡。

园　桂

金秋丹蕊独奇珍，四季馨香总是春。
葱碧满园经轩醉，苍天不负有心人。

大丰荷兰花海

车驰国道到花洲，宽路条条涌似流。
艳海千顷难顾及，花繁万朵选相搜。
寻芳迷蝶无离意，觅艳情蜂竟恋留。
不识荷兰何处国，金香愿此度春秋。

草　原

无垠碧草芳天尽，满目牛羊到白云。
野阔骏腾如画境，长歌牧地脆霄闻。

夕阳草原路

绿色无涯一线天，车驰欲上晚霞边。
风来卷地飘香溢，极目牛羊腹满圆。

去上都遗址路上

细雨青青原上草，濛濛雾里显牛羊。
滋根孕汁甘乳液，润泽催生万代床。

上都河

碧玉丛中彩练飘，银河落地百姿娇。
谁能哺育繁华市，尽得香浆亿万瓢。

金莲川

奇葩生绿海，当暑万枝开。
艳受金元爱[①]，芳香滴野来。

【注】①金元爱：金莲川一直是金朝历代皇帝避暑所钟爱之地，也是元朝忽必烈成就伟业之地。

多伦滦河源国家森林公园

明珠飞降漠荒原，万亩川源绘画轩。
罕世榆林多百岁，奇葩红柳缀花繁。
温幽独有寒霜雪，宜爽曾冰棣帝魂。
素裹银装冬日艳，秋黄醉叶染江村。

【注】滦河源国家森林公园是亚洲少有的天然榆树林园，多为百年古榆，又称“万里榆木川”。公园夏季凉爽宜人，在背阴沟泊中，有常年不化的寒冰。明永乐22年（1424年）8月，明成祖朱棣第五次亲征漠北返京途中，因病驾崩于此，用川沟冰块保存尸体运回京城。

多伦大草原

梦幻千秋华夏月，传奇青史著雄篇。
蓝天万里浮云走，绿地①无垠水绾连。
朵朵敖包连点点，群群骏马牧绵绵。
唯存漠下榆森②处，愿待来人护养传。

【注】①绿地：多伦境内有413万亩天然草原，河湖众多，水域面积16.2万亩。②榆森：多伦拥有亚洲唯一幸存的天然榆树林，35万亩的天然次森林有“沙漠中的地下森林”之誉。

草原返城

嫩草清香诗画映，车驰路侧柳榆迎。
黄沙弄舞今无影，爱我青衣披玉行。

从锡盟飞呼市

暮得浮生乐，游原草地香。
天光蓝罩下，碧野绿牛羊。
淖尔涟漪色，杨榆征漠荒。
机穿云雾里，琼宇思蒙乡。

锡林郭勒大草原

岁月如歌呼麦[1]乐，茫茫翠色洁无痕。
银云朵朵轻盈逸，绿野绵绵骏马奔。
榆爱沙滩情万古，杨依漠土喜孙繁。
牛羊点点知何处，客满敖包度假村。

【注】①呼麦是蒙古高原悠久而独特的演唱方式。

鄂尔多斯大草原

黄河夺路天飞降，一路欢歌百折回。
繁衍千年乳润泽，垂青万古母亲偕。
蒙哥善驭鞭驯马，敖客游欢饮酒杯。
文化多元[1]辉映合，交融魅力铸宏恢。

【注】①文化多元：鄂尔多斯拥有河套文化、青铜文化、草原文化、游牧文化、农耕文化、黄河文化、歌舞文化等多元文化。

乌兰五台（二首）

一

第一敖包欲刺天，遥望峰远绿云连。
羊肠曲道牵群岭，四围包环托主悬[①]。

二

谷底杨榆溪侧碧，岩坡庙宇屹楼奇。
天骄塑座正端立，恰似当年远战姿。

【注】①托主悬：指四周敖包烘托“第一敖包”，为布赫题写。

青海湖

断陷三山夹水悬，中华淡水五湖先。
飞流注入成青海，波露疑荷岛似莲。
浩瀚鱼沉千古月，云浮鸥舞共长天。
奇霞映织黄花野，西母如来万凤旋。

【注】青海湖是我国五大淡水湖中最大的内陆湖，面积4583平方公里，环湖一周360公里，位于大通山、日月山、南山三山之间。甘子河、倒淌河等七条河水注入其间。湖中有海心山、鸟岛等五岛。夏季绿草、油菜花相映，春季有十万多只天鹅、海鸥等鸟类来此，成为鸟的世界。湖中盛产无鳞湟鱼。

新疆布尔津县

边陲小镇暮宿时，如血残阳梦依依。
洁净街衢荫碧木，繁星夜市玉石奇。

【注】2011年8月中旬，因差路经阿勒泰边陲小镇布尔津。傍晚所见，街道宽舒，清洁整齐，树木苍翠，犹似江南小镇。夜市繁盛，珍奇异石俱多，人群至深夜不散。

大连海洋公园

依山傍海列园奇，水秀风清适赏宜。
馆聚沧洋鱼类俏，优稀绝世彩缤姿。

2016年9月18日

大连星海广场

书开①沧海万宗藏，日照巍楼拥广场。
浪阔桥飞连岸屿，游人如织水天长。

2016年9月18日

【注】①书开：星海广场有一座打开的书型雕塑，面向沧海。

大连星海湾大桥

长桥飞架万涛湾，卷雪连天成玉环。
此去何方寻美韵，沧桑旅顺觅新颜。

【注】星海湾大桥长6800米。

赴旅顺途中

青山隐隐万楼重，路阔车驰赏险峰。
高铁傍穿沧浪岸，长虹似赴海涛龙。

2016年9月20日

大宝生态园

民资建俏绿，百里碧红绵。
难觅黄沙影，回眸翠树鲜。
榆杨迎客道，松柳障屏牵。
欲战移漠路，多渠汇密泉。

【注】锡林郭勒正蓝旗有多处以土地沙化治理为目标的草原生态恢复性综合项目，这是一种新型农牧全面可持续发展的示范区。

治沙之神

——榆、杨、柳、草

蓝榆神气屹荒沙，耐旱防寒立霸华。
簇柳枝枝霜雪俏，娇杨叶叶漠中花。
青衣一色连天碧，绿被三层织地霞。
鸟喜丛林鱼水跃，天长日久艳桑麻。

厦门园博苑

沧海百浪头，奇园有五洲。
群桥弧空玉，列岛尽花楼。

夜泛舟泰州凤凰河

水月轻舟岸柳行，湖光玉色黛楼明。
江河润绿无穷碧，万古烟芳韵秀城。

长江秋色

江风万里飞云渡，秋水空长一色天。
帆影波扬浪叠尽，燕鸣两岸稻粱田。

公　园

岸绿荷红柳荡枝，鸳游鸯逐闹波嬉。
童蹒母抱慈声切，翁伴恋情携手依。

冬游金水湖

群山环秀水，船泛绿波中。
鹭舞霜天白，梅芳碧岛红。
春归残雪化，嫩柳伴霞枫。
舟破寒风雾，云开日当空。

盐城沿海自然生态保护区

烟姿里下河，沼湿物灵多。
春日苍芦柳，温风白鹭和。
梅欢麋鹿逐，丹顶鹤仙歌。
黑嘴鸥繁客，穿河麂若梭。
林依溪泽地，燕舞水杉过。
夏日清风爽，秋霜染彩波。
流香飘溢海，披绿出金荷。

鼓岭感思

天风送爽海多情，峻峭楼栏闻鸟鸣。
翠隐宜人消夏处，无章日久必销清！

2004 年 7 月

将乐龙栖山

百里方圆松竹翠，孤峰绝秀刺云天。
纵横沟壑飞珠玉，碧浪山光起雨烟。
众兽雄腾群鸟悦，奇枫竟艳古杉绵。
氧清市客游如醉，难怪龙栖话史年。

【注】①龙栖山上曾有过虎、豹、熊等动物，20 世纪 70 年代本地村民捕获过华南虎。山上还有树龄近 1600 年的红豆杉群。

白水洋

五绝奇观溢紫薇，鹫峰[1]山下雾云飞。
天生平谷幽溪水，难得无波巨镜晖。
五老[2]多情鸳语意，长潺作曲伴鸯归。
悬泉走瀑春秋锁，秀碧丹青蕙桂菲。

2001 年 10 月

【注】①鹫峰：该山脉横延闽东西部，有白水洋、宜洋、太堡楼、刘公岩、鸳鸯溪五大景区。②五老：五老峰。

双峰森林国家公园

峰青嶂翠树云连，陡峭巍峨丽景绵。
栈道空悬如鸟路，扶梯眩晃似登天。
平湖卧岭千山暖，刀壁流飞万丈烟。
叠瀑群嘶幽谷震，争喧落日紫霞妍。

2001 年 10 月

漠河松苑公园

原始森林呈美景，火灾未损万般神。
清香鸟语人如织，呵护青山雨后新。

第八辑 生旅觅韵

辑首诗语

风霜雪月多磨事，但惜尘途觅悟迟。
拙轶犹存云路迹，寻芳虽薄亦时辞。

忆母亲（二首）

一

乱世风寒碱地愁，乌云遮日雨难收。
离家避寇[①]荒沟外，携子逃生月野忧。
恶梦终过红艳照，醒来喜得绿田畴。
操家累笑双鬓白，最忆公粮数粒优[②]。

二

慈爱酬家百事多，严教施俭礼仪歌。
勤劳种植晨霜月，训子晴耕夜读科。
军渡长江儿奉楫[③]，分田开洼父耘禾。
音犹虽逝催征路，初心牢记踏坎坡。

【注】①离家避寇：1942 年冬，日寇侵入苏北大地，百姓逃往野外沟渠避难。②数粒优：苏北老解放区上交公粮给在淮海前线作战的解放军，母亲等人细心筛选饱满小麦上交。③儿奉楫：1949 年 4 月 21—23 日，解放军横渡长江时，母亲勉励儿子去当渡江作战的船工。

忆岳母（二首）

一

梦里依稀慈母笑，醒来忆昔已时遥。
心宽纳海亲和面，仁爱容川语有条。
走线飞针衣补服，耕耘细作菜墟挑。
难忘岁月无边善，仙逝留歌一坐标。

二

寒星孤落沪滩头，童养为媳亏苦留。
生性机灵诚若水，勤酬乐道行春秋。
清心似月操家务，博爱如兰待众柔。
自觉无求宽人待，守朴情挚化忧愁。

画堂春・五一烟花

高楼近月疑登天，
京华赏夜辉烟。
群情广场喜翩跹，
上下欢联。

烟火飞霄天宇，
星空万里红妍。
银花玉树满天悬，
同庆情绵。

1965 年 5 月 1 日于北京

故　乡

江河虐溢夏秋洪，白碱无垠四季风。
雨瑟霄寒长梦夜，娇阳午热度年穷。
幸逢解放群英战，喜悦疏渠百万工。
锁闸雄横黄海口，江淮灌沃立碑功。

1965 年 8 月

忆秦娥·海边军垦锻炼（二首）

一

涛声咽，
长空风急吹霜月。
吹霜月，
扁担无歇，
海疆歌悦。

沧波万里腾云雪，
天高夜黑防堤决。
防堤决，
学军心切，
武文同结。

二

军号切，
茫茫海滩歌声悦。
歌声悦，
身心如铁，
扁担挑越。

离京围垦军营月，
风霜雨露骄阳热。
骄阳热，
军营如梦，
武文双结。

1969 年 3 月

水调歌头・沧海桑田

沧海浪腾立，
天水卷波烟。
咆哮击岸狂荡、吞没淹潭边。
水患年年当道，
万户千村萧瑟，
存者苦寒怜。
涛滚依稀在，
天换喜人圆。

红旗举，
政权掌，
变疆田。
军民百万奋战、高筑坝墙坚。
对岸江阴雾岛，
截断片山云雨，
滩海献粮田。
翻阅千年史，
光照未来篇。

1969 年 5 月

【注】1968 年 10 月，我走出大学校门，被分配到福清市江阴海岛对面的潭边军垦农场劳动锻炼。在半片山脚下的军营中生活、劳动，主要是围垦海滩、造田并种栽水稻和养猪、养军马。新中国成立前，此处年年水灾，潭边庄常被淹没，如今军民筑填围海，造就大片粮田。此词写于渔溪军垦农场。

沁园春·进山种粮

云雾山中，
翠柏苍榕，
路曲抵空。
望千峰迭黛，
峥嵘瑞石，
奇花异木，
松巨成峰。
溪涧潺流，
如箫似笛，
万类娇妍争俏容。
青山碧，
瀑飞千尺下，
虹若飞龙。
山中处处妖娆。
为战备、储粮力务农。
看工农联合，
同心如一，
放歌气浩，
桥路腾空。
众志长嚎，
幽山声沸，
千古无人惊蝶蜂。
须来日，
看林涛荡漾，
禾木葱茏。

1970 年 11 月

浣溪沙·忆大学（四首）

一

八月秋高稻菽堆，
双亲嘱咐耳边回。
艰辛为我鬓霜灰。

紫气京华飞眼底，
新颜处处绽新梅。
校园湖柳逗吾魁。

二

冬去春来柳点苔，
青风作意墨毫陪。
书声琅琅溢池槐。

蹬览长城千里目，
故宫观思百年哀。
国仇长积在心怀。

三

骤起风雷滚滚闻，
京城揪出“黑帮”群。
街墙涂墨乱纷纷。

各派夺权纷争急，
“串联”免费九州军。
光阴如水水如云。

四

秋去冬来雨雪行，
东西南北奔前程。
寒窗回首探人生。

往事如烟诗觅迹，
丹心报国俱多情。
无涯学海自耘耕。

1970 年 12 月

工厂缘

春风伴送列工员，业结从头学技篇。
拜艺幸逢如手足，同操似故汗车边。
多情四季繁忙碌，俯首春秋十五年。
泣别赠言炉畔友，殊途共尽务民缘。

1985年5月30日

【注】1970年春，我从军垦农场劳动锻炼后，被分配到三明化工厂，为工人编员。

旅　途

朝辞千岛国，夜宿九龙城。
万里云天路，相殊冷热行。

1994年1月

第二十二届世界法律大会

法律官员四海来，同研法典语多才。
纷争国际难平息，构建和谐判妥裁。

2005年9月

访香港终审法院

旗扬终审院，公正护民权。
挚意弘司法，紫荆映艳天。

2006 年 10 月

致香港梁爱诗司长

晤握谊联心意通，回归两制共昌隆。
平山劲荡松风爽，俯瞰香江万帆红。

☆这首诗发表于《香港文艺报》2005 年 1 月 1 日总第 12 期，并荣获“诗情画意话香江”优秀作品奖。

慰问扶贫村

峰云谷壑升凉雾，路曲嶙悬鸟过惊。
爆竹深村迎远客，寒山微暖解困情。

2004 年 9 月 9 日

访　友

车穿路陌雨飞烟，一色茫濛不见天。
水湿临门君子意，疏疏阶滴故人缘。

回诗友

锦书跨海来，祝颂促怀开。
墨浪飞诗瀑，天涯赏韵才。

沉

慎思析辨明依律，匡正情归解冤深。
执法如山民重托，安邦治国执毫沉。

民事调解

纷繁纠结宜调息，执法民风兼顾全。
心锁解开消积怨，春风化雨百花妍。

2004 年 10 月

☆这首诗发表在《时代风华》2005 年 10 月 1 日总第 2 期。

感　思

执法如山心系镜，无私律所必严明。
扬惩有度安天下，秉笔惟求四海清。

鼓浪屿钢琴博物馆

岛溢三弦韵海潮，声规六柱馆藏娇。
名家白雪阳春曲，碧水蓝天悦脆谣。

风　骚

酷漠长生百岁兰，霜风忍顶独心宽。
胡杨干挺常年韧，红柳根深日月欢。
斗转星移同旱涩，冰濡露润共温寒。
沉浮水月无更色，漫道吟程傲戏丸。

2005 年 9 月

兼任省公安学院院长有感

峥嵘岁月润年轮，艰苦培人铸锦春。
雕塑鹰魂智兼勇，丰稠桃李锲犁辛。

读蔡丽双《芙蓉轩诗词》

李杏齐相艳，梅桃共铸春。
清流源水活，彩影锦花新。
丽日行云处，芙蓉绘画人。
重话桑麻事，愿闻逸韵神。

☆这首诗发表于《时代风华》2005 年 10 月 1 日总第 2 期，并荣获“诗情画意话香江”优秀作品奖。

参加全国“两会”

飞雪迎春柳上归，寒梅谢尽杏芳菲。
人民代表京城会，重托书言绘景晖。

2006 年 3 月 8 日

清风玉志

——自题《天涯芳草》

天涯芳草接荫林，左海春波伴燕音。
执法清风怀玉志，匡时秉笔系民心。

探　乡

别梦心乡四十年，依稀阡陌苇沟涓。
莺鸣放牧青芳影，鹊跃童游碧水边。

报国为民甘俯首，思源红土探乡贤。
原名地址非相识，疑是他乡异处田。

苏北秋行

车驰高速路飞烟，满目金黄稻菽田。
河网浮萍菱蕴玉，珠苞翠盖节冰鲜。
垂条岸柳莺鸣碧，沼泽幽芦白鹭鸢。
试问何能成此处，优生万物水清缘。

渔歌子·乡愁

滨海青溪百鸟飞，滩芦流水虾鱼肥。
童牧牛，紫棕衣，乡心梦思彩云归。

在太平洋西岸东眺九州

万里天涯碧海流，腾涛叠逐到神州。
风光异彩如花月，客地楼台思楚秋。

2017 年 10 月于墨西哥

贺母校中国政法大学 60 周年校庆

一甲传承风雨月，沧桑跌宕谱华篇。
翻天覆地红旗舞，浪涌潮喧法治牵。
安国年年依典治，政和岁岁育才贤。
如云学子裁依律，俯首鞠躬百姓前。

赞人民法官（二首）

一

判墨长鸣金石声，裁倾沥血护苍生。
凌云不改秉公志，留得冰心一片情。

二

宵雨晨霜五更灯，为民司法化纷憎。
和谐大地春风度，磐石山河暖气升。

秋　思

萧瑟秋风劲，吹黄野陌林。
遥望扶困路，忧念食衣襟。
雁断浮云去，佳音信息临。
脱贫金榜亮，了却惦心沉。

无　题

大地何时景最俏，春来三月万花娇。
风华正茂青春好，博读耕耘莫闲聊。

访友山居

曲径通幽路，林深客足疏。
川飞前壁石，水落下溪鱼。
木架新桥渡，层楼可读书。
同为休职者，忆昔履兰初。

苏北春行

日暖平原千里绿，柔风麦浪迭云天。
如流快速车驰越，似画黄花目外绵。
路侧樱红松柳翠，岸边杨绿燕莺旋。
无垠碧野春圆梦，谁织神州锦绣篇？

2016 年 4 月

金秋助学（三首）

一

岁岁金秋入学期，家家送子数酬资。
寒门当教无能力，考录因贫欲辍之。
国梦情怀思兴变，图强更盼用贤时。
关心后代惊天事，社会捐资万古师。

二

丹桂飘香月圆时，黄荷籽实脱皮奇。
江山不改千秋色，老骥常思百代旗。

世上前人寄后望，江潮后浪涌推移。
桑榆莫道枫林晚，夙愿强童助未迟。

三

幼竹成长须暖气，松芽雨润避霜欺。
东风莫误千帆愿，雨露应滋树幼枝。
巨桧成材蒙水日，梅花香自苦寒时。
江山代有新人出，关爱攻书不可迟。

慰问深山计生困难户

鸡年喜绾远山情，慰勉当年独女生。
扶教安居民意暖，楹联映目笑相迎。

到未成年人管教所帮教

年年逢节此门宾，月月呕心化雨唇。
不弃春苗枝有疾，扶伤幼朵待花新。

2017年1月10日

重访渔溪军垦农场（五首）

1968年10月，我被分配到渔溪军垦农场（潭边下里村）劳动锻炼，所在连队负责围垦海滩、栽秧割稻、养猪养马。自种南瓜获丰收，每日食用，有人戏称“万岁南瓜”。作些不存在的“潭边日报”社论，自嘲为南瓜吃太多，发牢骚而已。时隔50年，部分军垦战友念旧返回，吾感叹作五首拙诗，以共勉。

一

光阴飞逝五十春，黑发转头白发人。
昔日风华千学子，如今翁妪一闲身。
养猪围海捶顽石，牧马填滩洗旧尘。
疆月青山依旧在，冰心玉志务民亲。

二

故地重逢面已非，风华疑在看斜晖。
遥思牧马春山景，更记猪栏喂食肥。

抬石围垦沧海堵，插秧育种割禾归。
清风明月几时有，梦到知农惜粥衣。

三

五秩寻来下里时，霜鬓似雪却慈姿。
一壶清酒喜相聚，多事如烟谈笑之。

“万岁南瓜”常食伴，“潭边日报”自嘲词。
人生自古常磨炼，滚滚长江逐浪移。

四

魂牵梦寐怀军垦，终顾鞠躬旧地回。
相见乡亲不相识，笑问群翁哪里来？

五

心思五十年，终聚昔潭边。
故地无人识，相逢话语鲜。
猪栏遗址在，空旷已荒田。
海日生残夜，晨光入旧年。

2017 年 6 月 7 日

清丽双臻·致妻

一世梅兰性，恒迎旭日喜唯勤。
妙手回春医庶疾，悬壶济世德崇珍。
身心修养处，征程宏象新。

花播馥，卉腾茵。
坦荡襟怀辉岁月，真言自觉气势臻。
我写诗词讴绮梦，君治病者满园春。

2019 年结婚 50 周年感赋

第九辑 异国情怀

辑首诗语

沧桑有我自怀开，四海能知世上梅。
思感天涯云外玉，归来浅荐理梳哉。

夜飞南非赴会

辗转香江午夜催，凌云万里列星陪。
机临约堡逢清曙，一宿天涯时日追。

登好望角

久闻角岬[①]峙南天，攀径临观浪激漩。
险越东方无限好，雄呈西域有机连。
凌风百舸驰骋远，沐日群山环绕偏。
两岸幽楼融丽景，临波滋感慕前贤。

【注】①好望角有角岬峰。

新加坡（二首）

一

洋喉[①]地扼三洲[②]港，异域同人似故乡。
四语[③]官言争艳丽，多群异族共融强。
商家客旅来千国，货运筹资达万方。
以法安邦狮子[④]盛，东方萃蕙百花香。

二

峡缆空飞圣岛华，蓝波极目两洋叉。
舟帆浩澳连云漫，海市缤纷锁万家。

游子如潮怡眼处，观涛浪涌隐鱼虾。
莺啼叠翠烟花柳，浪岛天人合协嘉。

1995 年 10 月

【注】①洋喉：印度洋、太平洋咽喉。②三洲：亚洲、欧洲、大洋洲。③四语：马来语、英语、华语和泰米尔语为新加坡官方语言。④狮子：新加坡国名释义为狮子和城。

欧洲行感

晨辞沪市飞云渡，万里长空夜宿乌[①]。
窗瞰千秋西域雪，俯观万古亚欧途。
科工德兴为强国，画艺通灵法世殊。
低海垒堤花似锦，荷兰岁月展雄图。

【注】①乌：德国乌尔姆市。

走近德国博登湖（二首）

一

路尽平湖阔，群鸥伴客鸣。
青山携绿水，岸簇百花迎。

二

宜人碧水百花妍，万木青葱泛色连。
倩影花丛姿久在，秋深不觉绕春烟。

卢森堡

苍林叠翠幽城堡，风雨沧桑独立高。
四十万人言三语，金融钢铁世名豪。

1995 年 7 月 30 日

海德堡（二首）

一

青山碧水蓝天月，古堡红楼入画篇。
地杰人灵文哲萃，原源兴教出名贤。

1995 年 7 月

二

古堡重游叶正黄，雄姿又度几经霜。
时逢统一东西德，货币西欧已一张。

2002 年 10 月 3 日

【注】海德堡是德国著名的文化城。海德堡大学建于 1386 年，是德国最早的高等院校，培养了一大批文学家、艺术家、哲学家等。

多瑙河

一流白练嶂峦飘，十国[①]烟波入九霄。
隐叠红楼山竹翠，连天江柳水云娇。

【注】①十国：多瑙河是欧洲第二大河，是世界上流经最多国家的河流，流经德国、奥地利、斯洛伐克、匈牙利、塞尔维亚、克罗地亚、保加尼亚、罗马尼亚和乌克兰等国家。

奥地利萨尔茨堡晨曦（二首）

一

河穿阔谷绕峰雄，雪岭光飞入水虹。
登堡高悬凌绝处，山危览胜若仙宫。

二

晨钟荡谷小城苏，隐隐山岚绕睡湖。
日出峰云霞似火，波光彩榭舞飞朱。

念奴娇·莫斯科

碧流穿越，
泻千里、腾五海①输金物。
路网环城联地铁②，
万里长街③无壁。
观景台前，
群楼荫现。
光闪圆顶雪。
转身莫大④，
盛名多少英杰！

千万人住繁华，
悠悠岁月，
城古雄姿发。
遥忆红场台检阅，
百万军民欢烈。
呼舞陵前⑤，
挚情如梦。
苏维埃不灭。
骨埋荒外，
迷宫依旧明月。

2002年9月23日

【注】①五海：莫斯科河通北海、波罗的海、黑海、亚速海和里海，年吞吐量十分可观。②莫斯科市区有100多公里环形公路，与地铁联网。③万里长街：莫斯科全市街道总长5500公里。④莫大：即莫斯科大学。⑤陵前：列宁墓前。

观克里姆林宫

固若金汤一朝挫，风烟回首违衷初。
流寒积雪游人少，但盼来年破旧除。

2002 年 9 月

澳大利亚行感

岛国前茅最小洲，遥悬南太大洋洲。
中西热漠人稀少，南部葱茏众聚稠。
拓海英欧三百载，联邦建国几多秋？
无波历浅全心竭，国力旗居世界优。

2004 年 12 月

新西兰掠影

海尽天涯岛国遥，云波荡漾嶂丹娇。
城楼错落汤泉涌，芳牧飘香闻浪嚣。

阿根廷行（三首）

在公路上

车驰沃野旷垠平，木翠云天燕舞鸣。
简种禾麻银白[①]满，园花篱出笑迎情。

参加第十五届世界法学会舞会

各国法官喜聚融，唱声有异舞姿同。
纵情演奏升平世，四海烟云似化风。

拉普拉塔河

汪洋入口穿三国，雾卷涛声浪转流。
潜底沉鱼舟艇越，浮波涨岸水升畴。
杨垂戏水楼栏秀，赛[②]艳多情翠路羞。
桃柳生春千般美，天工柔合百姿幽。

【注】①银白：即白银，国名的含义为“白银之国”，其实阿根廷不产银，泛指财富。②即赛波花，为阿根廷国花。

巴黎行吟（二首）

巴黎形胜

碧水穿城岸，卅六画桥稠。
多谋施凯日，三进[①]非梦游。
雕饰精楼宇，地铁便舒优。
卢浮惊艺库，赛宫更技尤。
铁塔飞云绕，喷泉吐玉悠。
广场[②]庄素肃，玉坡血染秋。
圣母[③]犹知否，救世唱新讴。

巴黎怀古

上古高卢[④]觅岛栖，风烟历尽法兰西。
王朝路易成青史，帝国拿波显彩霓。
浴血共和多更迭，披胆公社[⑤]几清凄。
还观世上风尘雨，正义公平济庶黎。

1995 年 8 月于巴黎初稿，2006 年 2 月定稿。

【注】①三进：1806 年，拿破仑为庆祝扩张胜利，决定建新凯旋门，后兵败，1821 年 5 月 5 日病死于小岛上，据说他的尸体被抬着经过此门；1940 年希特勒入侵巴黎从此门经过；1944 年戴高乐将军率游击军与盟军从此门入城，此为三进。②广场：即 1871 年 5 月 21 日到 28 日巴黎公社工

人武装同资产阶级军队血战的地方，147 名公社战士倒在血泊之中。③圣母，即巴黎圣母院，1161 年始建，经过 200 多年才建成，是一座 13 世纪哥特式建筑杰作。④上古高卢：前 1000 年在现巴黎周边及岛上生活着一群身材高大、魁梧健壮、长颅骨、金黄头发的人，他们被罗马人称为高卢人。这些人就是今日法兰西人的祖先。⑤公社：即巴黎公社。

荷兰行

波绵一线白云边，电棹帆扬鹭翼旋。
万顷洼田频水患，长堤高筑灭淹怜。
风车耸野银川地，木屋沿河翠柳妍。
牧野牛羊膏店见，郁金鹃色艳阳天。

1995 年 8 月

匈牙利夜过古堡

深幽古筑晦中明，桐老秋虫夜怨鸣。
不堪风烟安乐梦，韶光岂悔负私情?

望海潮·匈牙利

中欧形胜，
五山盆国，
悠悠千古年华。
多瑙荡波，
莺鸣苇翠，
重楼百万人家。
云水入天涯。
传北胡拥至，
弃牧拿钯。
雪月风霜，
立朝举纲，苦融嘉。

山雄地阔横霞。
有平原水润，
欧域娇花。
坚锁浪横，
成都紫气，
十桥飞架流车。
狮吼守桥叉。
鹭落星映柳，
灯月歌笳。
大厦雄浑丽琢，
历无数波斜。

2002 年 9 月

泛舟法国斯特拉斯堡

弋舟风雨桥[1]，古堡水临雕。
一艇游千史[2]，烟云迭几朝？

2002年10月

【注】①弋舟风雨桥：小河穿市区，经一桥曰风雨桥，与古堡相邻。②河两岸有古罗马时代等历代建筑与现代建筑并存，此河是无数王朝更迭的见证。

富士山（二首）

一

群山绕抱托雄峰，雾雪云中偶露容。
碧岭群湖花簇拥，蓝空一朵玉芙蓉。
天风不断吹千态，地气须臾绘百重。
山火如能常息静，人间瑞雪可年丰。

二

东瀛浪岛屹云峰，皑皑冰封舞玉龙。
春日樱红霞似火，夏时松翠气香浓。
秋来雾淡崇霄立，冬出空晴傲骨容。
飞峙横空奇有本，水甜源自雪霜供。

2006年8月

大涌谷观富士山

琉烟雾卷汤泉涌，煮蛋尝香仰远峰。
万里来寻君子意，无情谢客雾云重。

2006 年 8 月

卢　湖

碧玉流云山影动，苍松矗岸映波中。
轻舟泛绿烟峰秀，境意如诗入画风。

2006 年 8 月

忆江南·东京湾

东京忆，
尤忆是京湾。
桥路如虹飞海渡，
车流涌市看涛颜。
何日再重还？

2006 年 8 月

傍晚经横滨

横滨暮色紫霞天，港埠珠楼雪卷前。
碧水鱼欢穿箭越，低空鸥舞伴船旋。
新城更显新风韵，旧巷难能古饰延。
临蒲园花娇待客，柔和海市胜陪仙。

2006 年 8 月

日本京都

千年都邑史渊烟，桓武皇宫明治迁[①]。
嶂叠云环清滴溅，花繁气净碧流涓。
二条崇堡[②]如园艺，五塔[③]凌空若月牵。
适与岚山红叶染，犹闻雨日[④]思民篇。

【注】①794 年桓武天皇在此建都，1868 年明治天皇迁都江户（东京）。②城堡：即二条城堡。③五塔：即五重塔。④雨日：周恩来总理旅日时，曾两次游岚山，写下《雨中岚山》。

观天地渊瀑布

翠竹苍松滴谷峰，天流直下若飞龙。
渊深瀑倾烟千丈，震吼声如万座钟。

韩国济洲（二首）

城山吟

一

海抱城山山映水，峰拥碧浪浪连天。
争流百舸蓝天尽，众鹭欢翩觅食鲜。

二

海日升腾霞瞬染，清波雾漫紫红烟。
晨霄万里星河去，大地江流又一天。

关于徐福的传说

传闻海上有仙丸，皇欲长生霸业安。
徐福承辞东海觅，陪童奉旨济州滩①。

登峰②掘获人参古，险取私居益寿丹。
隐测臣心欺帝意，东瀛一去不归官。

【注】①传说徐福寻仙丹曾到济州岛，当地有展馆。②登峰：指岛上的汉拿山。

三八线（三首）

一

鸿坎若天涯，思圆绝泪花。
兵戎弹峙畏，何日见爹娃。

二

峰火三千里，江山切两边。
同宗源未改，共饮祖先泉。
国破山河在，家书两地牵。
愁望云水断，涕聚待何年？

三

魂断飞烟处，如麻梦泪干。
东归戈甲路，西去铁长栏。
盼统临津阁，愁肠板店寒。
自由桥既架，应解万家残。

仁川港感怀

汉江涛怒急，鸥舞伴舟旋。
往事硝烟处，回思鏖战年。

联军麋集重，涂炭万民煎①。
血火横飞日，今犹现眼前。

2006 年 9 月

【注】①联军：1950 年 6 月 25 日朝鲜战争爆发，美国指挥所谓“联合国军”侵朝，8 月 27 日轰炸中国东北，9 月 15 日美军从朝鲜中部仁川登陆，与朝鲜人民军激战惨烈。

板门店春天的故事

惊世牵手跨寒冬，初春共植适时松。
同声欲筑和平路，一笑愿将恩怨封。

昔日几回温意淡，今朝又遇暖熏逢。
同宗泪洒伤心店，莫误东风好步踪。

【注】2018 年 4 月 27 日 9 时 45 分，朝韩领导人金正恩、文在寅跨过军事分界线，举行南北会晤，并发表了《板门店宣言》，宣布结束战争状态，确认无核化目标，保持互访沟通。

秘鲁鸟岛

舟穿千顷流，鸟舞万波头。
聚起遮云日，群归满岛鸥。

涛声鸣鸟伴，交响曲悠悠。
绚丽多姿处，人间有几畴！

2007年12月17日

秘鲁纳斯卡地画

梦路穿云三万里，崎岖辗转陌阡程。
乘机俯瞰群图异，侧目摇旋巨鸟迎。
女坐晕眩呕不止，男观地画慑心惊。
纷纭解读前人趣，留得迷团后代争。

【注】2007年10月应访秘鲁时，乘小型飞机俯瞰神奇的地画，有三角形、长方形、梯形、巨鸟形等各种形状的地画，十分壮观，据说是当地的宗教活动遗迹。

墨西哥坎昆（二首）

一

夜宿涛音海抱楼，云飞浪立万波喉。
晨光染迭红胜火，腾碧天端出日头。

二

半岛南端沧海唇，群楼映水向阳身。
如春四季风和丽，诸客来游避雪宾。

芝加哥

五湖潮朔气寒来，刺骨飕风日少开。
三月桃花无放意，初春柳叶嫩枝枚。
航空可达天涯市，铁道枢通美境隈。
工业农禾屠宰巨，楼危栉比百层台。

【注】我于1994年客座访读芝加哥伊利诺斯大学。芝加哥位于美、加交界的五湖之一的密歇根湖西南岸，冬季寒风刺骨。芝加哥是美国第二大城市，市区人口近300万，工业、交通发达，盛产玉米、谷物，屠宰业居世界第一。但治安不佳，吸毒者较多。

悼菲德尔·卡斯特罗

后院炮声警察惊，孤封禁海竭施荆。
铮铮铁骨驱邪鳄，滚滚红流涌若鲸。
信念难忘正义梦，忠诚牢记务民情。
传奇斩棘擎旗月，留得丹心照汗青。

2016 年 11 月 26 日

祭井上清教授

东洋编谎涌汹时，唯有先生顶逆驰。
大著如雷惊震立，金声玉振憾文诗。
深明史实唯真在，大义宏论理不移。
万卷遗书传后代，篇篇字字果盈枝。

【注】井上清（1913—2001）：日本著名历史学家。1972 年日本国内一些人认为钓鱼岛是日本领土的时候，井上清教授在《历史研究》上发表《钓鱼列岛（尖阁群岛）等诸岛屿是中国领土》的文章，以坚实有力的历史事实作出论证。井上清去世后，其夫人按照他的遗嘱，将其 1.8 万册著作和珍藏的史料转赠中国社科院。

杜特尔特访华

来华三世获多资，媚美回菲充小厮！
杜特联谊犹可敬，春来愿见绽花时。

2016 年 10 月 13 日

第十辑 感悟滴韵

辑首诗语

触事生情悟意临，韬光雨润寓涵深。
江河岭木均灵气，化着风云哲理沉。

悟趣（十首）

一

登峰远眺群山小，渡海波涛近觉高。
赏菊知秋霜日近，观梅探得隐春涛。

二

千岩阻积雨成灾，万壑萦回活水来。
路乱行程多劫堵，言通足始八方开。

三

心和月洁俱同净，碧水依人各自清。
进退沉浮天地阔，诗书久读启心明。

四

若水品行清似玉，如天关爱日月知。
为官当重黎民益，凡事心安不自私。

五

山清水秀多灵气，石峻峰危万仞穹。
无欲常思天下事，真言自觉气如虹。

六

年增竹节自成材，铁骨香梅雨雪来。
致远坚心千里近，悬梁锥股苦成才。

七

静观天下乱藤，悟趣四海折腾。
就此眼前烟雨，移来世外纷争。

八

泉飞一道疑银带，峰出半天云雾开。
峻峭山妍寻异草，林深谷秀觅兰梅。

九

品若梅兰香在骨，人如春水气为神。
香非用作招飞蝶，忠仅心酬只尽民。

十

风清气正书常读，梅白心纯雪不如。
月皓梅移香似在，香留难有墨香余。

松　竹

竹送清溪浮皓月，山迎雨露润松姿。
松高好月常相伴，竹茂凉风翠适宜。

松　梅

霜凌更翠百年松，雪舞梅香分外浓。
古桧烟尘坚铁木，松梅露冷铸奇容。

山　水

山高路远染身尘，海阔天空说理论。
水净流清驱污浊，登峰壮胆眼前新。

阳光雨露

碧海飞霞水映红，丹崖染织沐林枫。
秋华果硕丰登厚，尽得阳光雨露功。

暮　思

水静鱼沉底，山青附碧林。
路遥依足力，年暮惜光阴。

遥　念

潇潇夜雨春，遥念五更人。
誓欲圆强梦，科研达旦辛。

蒙古马

背若蒙家绝世奇，曾纵万里铁骑师。
忠诚岁岁施于职，坚韧年年负重资。
食草怨无唯奉献，拖车尽责永无私。
乾坤朗月谁知晓，征战维疆致富旗。

【注】蒙古马是世界四大古老马种之一，它虽然体形较小，但体质强壮，不畏寒冷，善于长途奔驰，生命力极强，有勇敢、忠诚、坚韧等特点。

除夕盼夫归

寒山除夕夜，草屋泪痕思。
工务三千里，春归路误期。

缅怀先烈（二首）

一

和平取得难，万骨晒河滩。
忽忘今朝福，应忧梦盼鸾。

二

援朝军百万，忠骨异关寒。
血染邻邦地，宜长睦永安。

无　题

夜梦千山月，晨醒百鸟鸣。
仰空霞尽染，俯地玉珠明。
日当中天暖，残阳暮月升。
球转规循律，万物自生情。

2016 年 9 月 9 日

重　教

树密林深好材多，江长水阔润田禾。
民强国富依贤杰，重教方能出技科。

夜　读

读书宵夜静，典籍觅知音。
窗外三更雨，灯前万古心。

2016年9月9日

关爱路

十年关爱路，八秩寸芳心。
风雨仓山教，凌霜监所箴。
疾松须护润，弱桧更防侵。
期到江山待，松森桧耸临。

2018年9月9日

第十一辑 楹联

一

春风戏柳多情绿，暖气催花执意红。

二

云横万岭峰如黛，日坠千江水似霞。

三

长风吹散千山雾，远水涵收万里云。

四

海峡千帆争破浪，闽台万楫共乘风。

五

五洲云破峰连月，四海波平水接天。

六

天云聚立千重岳，海阔波翻万迭姿。

七

青山不语千秋韵，绿水无声万古图。

八

两岸青山晨染紫，一条碧玉夕阳红。

九

全球称霸狂癫极，各国维权笑痴愚。

十

春风吹柳绿，霜露染枫红。

十一

窗含山远黛，门对柳浓青。

十二

冬树无声霜露冷，梅花有馥报年春。

十三

骄阳普照千山绿，明月增辉万象新。

十四

同山松竹多和气，共苑梅兰彰品高。

十五

波腾妙褶如裙舞，雁飞人字似云行。

十六

雨后天晴松更翠，风来细雨竹生辉。

十七

青山永绿千年树，博学才流万卷书。

十八

改革春风吹海角，创新热浪冲天涯。

十九

海奔涛腾千仞立，风行沙起万里腾。

二十

海纳千流容乃大，峰连万座聚为群。

二十一

叶落知霜劲，波高见海宽。

二十二

改革春风起，开放彩凤来。

二十三

人民期盼日，党务追求时。

二十四

扬眉甜岁月，俯首动乾坤。

二十五

清风入僻地，廉政到人间。

二十六

书传浩气前人德，笔带雄风今世贤。

二十七

江涛气势吞云日，龙马精神震海山。

二十八

苍藤盘结千日锁，疏影横斜百年根。

二十九

惊蛇入草无寻处，击鸟离林难觅踪。

建国六十周年联思

一

建国先躯血，图腾后代力。
扬帆犁海浪，掌舵务民心。

二

一甲风云变，九州凤舞腾飞日。
百年初度后，四海莺歌锦绣春。

两岸三通

一

流归碧海江河志，月圆两岸民族心。

二

三通化怨炎黄意，两岸融和子裔缘。

三

万顷波航同旭日，一流舟客共潮霞。

四

乘舟台海，喜见梦圆花甲月。
飞越鸿沟，可期心愿启明天。

题福州镇海楼

三山镇海　楼矗中流砥柱
四岭壮都　塔雄闽峤擎天

题园林

名乔诡石清风净，涧草时花嫩蕊芳。

偶　成

一

霜天万里骄心菊，雪域千株傲骨松。

二

国宁和谐日，平安万户春。

三

扬惩有度安天地，公正无私四海清。

题厦门园博苑

一

壮丽河山来眼底，光辉日月照心间。

二

山影丹霞迎海日，湖光水色染天涯。

三

长流碧海江河志，频秀青禾雨水情。

四

明月同浮海峡水，天风常送碧涛春。

五

浮舟海沧，常望澎台明月。
放眼丹山，共赏华夏春秋。

融情感的宣泄与理性的思辨于一体

——喜读陈旭的《历岁讴吟集》

汪义生

我是个诗词爱好者，平时喜欢读诗人的作品选集，尤其喜欢读诗人从自己一生创作中遴选出来的得意之作的选本，因为这样的选本是诗人毕生情感、才华、智慧的结晶，其中承载着诗人成长的足迹，蕴含着丰富的思想与艺术元素；对读者来说，这样的书“性价比”特别高。陈旭的《历岁讴吟集》就是这样一本诗词集萃。

陈旭在读初中时就是诗歌“发烧友”，之后大半辈子笔耕不辍，在人生的各个阶段写下了数千首诗词，他在梳选、汇编这本集子时抚今追昔，检点人生岁月中的旅痕，想来一定是百感交集。

攀登诗艺高峰

我对陈旭怀有深深的敬意。他为人刚直，嫉恶如仇，是位恪尽职守的大法官。他热爱生活，热爱世间一切真善美的事物与情感。退休后，他长期在关心下一代工作委员会任职，为青少年的身心健康倾注了一份浓浓的爱心，做出无私的奉献。陈旭是位身高近一米八的高个子，或许是长期从事公安司法工作的缘故，他平时不苟言笑，在外人看来是一个严肃的人。然而，熟悉他的人和熟悉他的作品的读者都知道，在严肃的表情下，他有一颗火热的心，他的血是热的，就像一座表面平静的火山，内里岩浆在涌动。

无论是乘飞机，还是坐舟车，无论是赴异国他乡，还是行走在祖国的大江南北，他总是在观察，在思考，他怀着一颗饱满的诗心，观山，则情满于青山；观海，则情溢于沧海……陈旭的诗可谓纵深千百年，横及十万里。从诗的内容来看，有的抒发爱国情愫，有的讴歌祖国美景，有的弘扬先进文化，有的激荡时代变革之声，有的绘写异域风情，有的歌咏山川花木，有的鉴赏艺术精品，林林总总，包罗万象。或缅怀历史，或赞美今世辉煌，或憧憬未来，等等，无不源自内心，有感而发。从形式来看，有律诗，有绝句。

陈旭的诗真实地记录了自己的所见所闻、所思所感，既源于生活，又高于生活。他的作品有诗意，有哲理，有新意，有情趣，借古诗、古词的外壳，抒新的情思，细细咀嚼，韵味悠长。

我敬重陈旭，还在于他认准了一个目标后持之以恒、锲而不舍的毅力。他酷爱读书，擅长填词赋诗，潜心研究历史。在繁忙的公务之余，他不去咖啡馆消遣，不去歌舞厅放松，却常年在灯下孜孜不倦地苦读，秉笔写作。他告诉我：

“互联网时代，手机微信精彩纷呈，目不暇接，呼朋唤友海阔天空地闲聊，很是热闹。而我舍不得浪费时间，所以不玩微信，我觉得把时间用在看书写作上更有意义。”要知道，抗拒微信的诱惑，一般人是很难做到的。

陈旭选编的这本集子，对他个人半个多世纪的心路历程做了一个梳理，对自己人生道路做了一个回望，对自己长期治学、慎思、艺术创作做了一个总结。中华诗词的形式，本身就是中华传统文化的瑰宝，我想，他一定也希望通过编这本诗集，为弘扬中华诗学、繁荣中华优秀传统文化奉献一份心力。

古人概括得好，大凡成大事业、大学问者，无不经过三重境界。“昨夜西风凋碧树。独上高楼，望尽天涯路。”（晏殊《蝶恋花》）此为第一境界。“衣带渐宽终不悔，为伊消得人憔悴。”（柳永《蝶恋花》）此为第二境界。“众里寻他千百度，蓦然回首，那人却在灯火阑珊处。”（辛弃疾《青玉案》）此为第三境界。

拜读陈旭的这本诗集，我再再感悟到：一个人只要锲而不舍、持之以恒地专注于一项有意义的事业，必定会有可喜的收获。正是秉持这样的精神，这样对诗艺的不息追求，陈旭在诗词创作中才如此的硕果丰盈、满园春色。

以史为鉴知兴替

在我看来，深沉的历史意识，是陈旭诗歌的重要特征。

他在写每一首关于历史题材的诗之前，往往要参考大量相关史料，弄清人物与事件的来龙去脉，他是用写史学论文的严谨态度来写诗。我感到，你要真正读懂陈旭在诗中所要表达的感情，最好要参看有关的史料，这样你在得到艺术上审美享受的同时，也能增长很多知识。源于此，我感到读陈旭的诗开卷获益。

陈旭总是站在今天的时代高度对历史进行思考，并常常与对民族命运的思考交织在一起。读者透过时而沉郁、时而昂扬，时而悲愤、时而欢欣的旋律，能感受到诗人的脉动，产生情感上的共鸣。《庚子俄难 111 年》是一首七律，字里行间充满沉重的反思。

庚子俄难百载前，常思碧血屈悲怜。
江东遗骨望归恨，西岸生还眺祖田。
疆土未保深负罪，倾城殉国惨长眠。
风烟泪迹伤疤在，切莫风和忘雨天。

读这首诗，又勾起我对 1900 年那个血泪斑斑的庚子年的回忆，那真是个不堪回首的岁月。列强以“保护使馆”为名，组成了八国联军攻陷北京，清政府与列强议和，赔了四亿五千万两白银，并割让了大片国土。这场屈辱的战事和赔款，让中国进一步半殖民地化。当年，列强中瓜分中国赔款、侵占中国土地最多，给中国人造成的灾难最深重的就是沙皇俄国。读这首诗，我深感历史的主体是人，历史是由一个个血肉之躯的个人的命运合成的。被沙俄割走的“江东”土地上，先民的遗骨怎能安寝？被驱赶至“西岸”的同胞沦为难民，“远眺祖田”有家不得归。忠勇的将士和民众与侵略者展开惨烈的城市保卫战，城破后殉国。面对历史遗留的“伤疤”，有的人不愿提起，不再做反思，他们的态度是：“过去的就让它过去吧。”那些鲜活的生命就这么无声无息地消失在历史的记忆里了吗？诗人的回答是：不！诗的末句以“风和”比喻今天的太平盛世，以“雨天”比作战乱，提出了“风和”之日须未雨绸缪。在诗人看来，一个民族的灾难，也可以成为它的财富，但其前提是要深刻地反思。如果拒绝反思，轻率地遗忘历史，那就会有重蹈覆辙的危险。深刻地反思过去，直面历史，不仅是总结教训，也是在新的历史条件下实现和解与稳定所必要的。再看这首七绝《〈富春山居图〉合璧展》：

成图风雨六百年，截断弥留两地卷。

波叠云横连岸碧，缘牵合璧激流前。

《富春山居图》这幅被称为“中国十大传世名画”之一的巨作，是一幅极富传奇色彩的作品。它是元朝著名画家黄公望为他的好友无用大师所画，作品取材于浙江富春江的美景。这幅画到明朝末年传到大收藏家吴洪裕手中，吴对此画钟爱至极，临终前竟让下人将此画焚烧殉葬，幸被吴的侄儿从火中抢出。但这幅山水长卷已被烧成两段，前半段后人称《剩山图》，现藏浙江省博物馆；后半段较长，后人称《无用师卷》，现藏台北故宫博物馆。2011 年 5 月 18 日，《剩山图》赴台点交仪式在北京举行，同年 6 月 1 日在台北故宫与《无用师卷》合展。诗人成为这一盛事的见证人，不禁心潮激荡。这幅著名长卷成图后六百年间的波折，令诗人浮想连翩。从这首诗中可以看到，这幅画之所以珍贵，这次合璧展之所以不同凡响，不仅在于它是出自古代名家之手的名画，不仅在于它附着了神奇的传说，更在于它具有一种不同凡响的象征意义，它象征两岸同胞的共同记忆并不因年代久远或海峡的阻隔而淡忘或中断。相反，这种记忆铭刻在两岸中国人的心灵深处，历久弥深。《富春山居图》的合璧展，令我们对祖国的和平统一充满了期待。诗中第三句“波叠云横连岸碧”，可谓一语双关之妙句，它既是画中景色的描绘，又是这幅历经六百年风雨的名画命运的形象展示。第四句中的“缘牵”，令人想到，这次合璧展得以成功，正是缘于两岸同胞的千年“民族根”和血浓于水的亲情。

七绝《过交河故城》也是一首回望历史，而又具有强烈的时代精神的作品。“风烟古国客游何？汉府唐州史迹多。历代屯田西域策，今施改革稳边和。”交河故城是世界上规模最大、最古老、保存最完好的一座土建筑城市，汉唐两代在那里留下众多“史迹”，尤其是唐代，西域最高军政机构安西都护府最早就设在那里。诗人站在今天的时代高度，细察历史的演变，揭示其中的发展规律，得出了今日施行的改革政策稳定边疆、增进各民族和睦的结论。

“意”与“境”的完美融合

陈旭善于通过自然景物和自己心境在意蕴和形态上的比

喻，构成耐人寻味的意象。他的诗，艺术感觉异常敏锐，情感丰富细腻，奇特的想象、美妙的幻想，赋予他的诗瑰丽的色彩，唤起感情的共鸣。他的情感往往不是用直抒胸臆的方式来表述的，试看《寿山石》二首中的一首："玉质生山谷，无人识大容。一朝王印琢，令出万民从。"这首诗从字面上看，写的是出自深山的璞玉，雕成玉玺之后身价百倍。寥寥几句诗，就引出我很多奇思妙想：它引发我对草根与庙堂之间的关联，文学艺术普及与提高的关系，江湖与宦海的差异等的思考。读这首诗的时候，我在想：草根与庙堂，看似有天壤之别，彼此隔绝，不相往来，属于两种层面上的东西，就像产自深山的石料和象征皇权的玉玺，看似风马牛不相及。其实，前者是后者的母体、根源，后者是前者的升华与提炼。草根看上去质朴无华，很是土气，却蕴含着无比坚韧的生命力，它一旦经过文人的提炼、再创造后进入了庙堂，便可以获得无法想象的拓展空间。读这首诗，我还想到了一丝不苟、鬼斧神工的的工匠精神……我感叹：中华诗词就是这样凝炼、深邃、灵动、美妙，读者透过字面，可以产生广阔的联想，这也正是优秀的诗词魅力之所在。

《读蔡丽双〈芙蓉轩诗词〉》这样写道："李杏齐相艳，梅桃共铸春。清流源水活，彩影锦花新。丽日行云处，芙蓉绘画人。重话桑麻事，愿闻意韵神。"短短几句，对整本诗集从内容到形式，从主题到题材，从构思立意到艺术风格，从表现手法的形象思维到逻辑思维，从取材的源与流……都做了玲珑剔透、深入浅出的剖析，令人拍案叫绝。

中华民族的文脉历经数千年而不竭，使身为炎黄子孙的陈旭油然而生一种自豪感，他的诗切入口很小，却每每能以小见大，以今日时代之光烛照历史中深蕴的内涵。试看这首五言绝句《咏桂》：“金银丹月桂，楚汉入华章。植种三江润，移来夺月香。”在作者看来，种植在闽江三江源的月桂不是普通的桂花树，它已成为民族文化的一种象征，它散发出的“夺月香”，不仅是指花香，也是指文化意义上的瑰丽馨香。再看这首《庐山·冬》：“霜月客游时，寒光照雪祠。劲松依壁笑，风竹拂冰枝。万里江天雪，千年日夜嘶。春来如欲览，当是百花姿。”这首诗有创新，内涵丰盈，发人深省。寒风凛冽的月夜，劲松笑傲严冬；铺天盖地的大雪，阻挡不住奔腾的波涛；雪化之日，便是春和景明之时。整首诗诵吟时琅琅上口，引人遐思，催人奋进。《咏兰》这首诗写道：“幽溪峭壁气生兰，剑叶多姿国色妆。露润肌茎青帐下，风云变幻自芳香。”兰，绝非寻常的花草，她虽无大红大紫的花朵，却素有“天下第一香”“香祖”之美誉。兰之香味幽雅芬芳，醇如清酒，清淡而甜润，沁人心肺，故被中国人视为“国香”。诗中的兰源自作者对生存意义、人生价值的深刻体悟。“风云变幻自芳香”，赞美了像兰一般任凭世事无常、风狂雨暴，始终坚守高尚节操的精神，此处的“芳香”，可视为对崇高信念的执着坚守。

诗唯以情动人

陈旭的诗之所以打动人，还在于感情真挚、言出肺腑，正如唐代诗人白居易在《与元九书》中所说：“感人心者，莫先乎情。”

读书中的《浣溪沙·忆大学》，不禁思绪连绵，感慨万端：

一

八月秋高稻菽堆，双亲嘱咐耳边回。艰辛为我鬓霜灰。
紫气京华飞眼底，新颜处处绽新梅。校园湖柳逗吾魁。

二

冬去春来柳点苔，青风作意墨毫陪。书声琅琅溢池槐。
蹬览长城千里目，故宫观思百年哀。国仇长积在心怀。

三

骤起风雷滚滚闻，京城揪出“黑帮”群，街墙涂墨乱纷纷。
各派夺权纷争急，“串联”免费九州军。光阴如水水如云。

四

秋去冬来雨雪行，东西南北奔前程。寒窗回首探人生。
往事如烟诗觅迹，丹心报国俱多情。无涯学海自耘耕。

第一首第一句“八月秋高稻菽堆”点出了主人公身份：这是一位自强不息的农家子弟，十年寒窗苦读，喜获京城大学录取通知书。第二句一个“回”字，第三句一个“灰”字，道出了含辛茹苦的亲人的殷殷期盼，如同金石一般铭刻在学子的心头。第二首写古都的历史遗迹，他深刻领悟到落后便要遭受欺凌，从而激发起为振兴中华发愤攻读的毅力，于是乎“书声琅琅溢池槐”。第三首写出骤起的政治风云令莘莘学子陷入了迷茫，“街墙涂墨乱纷纷”，年轻人的心中也“乱纷纷”，迷失了方向，往昔温馨的校园里，已放不下一张安静的书桌。“光阴如水水如云”，此乃感叹岁月蹉跎，时光虚度。第四首写转眼间，毕业分手的时刻来临，同学各奔东西。回顾大学时光，作者陷入了深深的思索：没有真才实学，何以报国？这首《浣溪沙·忆大学》写于1970年，“文革”动乱尚未平复，“读书无用”“知识越多越反动”谬论已甚嚣尘上，年轻的诗人已在反思这场动乱。整首诗充满了忧患意识，这种深沉的忧患意识也是一种爱，它源于爱国青年对祖国和人民的使命感。

诗集中一些写友情的诗，真诚而朴实，亦深深打动了我的心。七律《工厂缘》写道：“秋风伴送列工员，业结从头学技篇。拜艺幸逢如手足，同操似故汗车边。多情四季繁忙碌，俯首春秋十五年。泣别赠言炉畔友，殊途共尽务民缘。”这首平白如话的律诗，生动而传神地勾勒出一幅幅工厂生活画面：从学校结业的年轻人来到工厂拜师学艺，师傅是位德艺双馨的良师，十五个春秋寒暑，师徒俩在平凡的工作岗位上心往一处想，劲往一处使，结下了深厚的友谊。如今，当年的年轻学徒已步入中年，离开了工厂，告别了师傅，师徒俩在不同的岗位上继续为人民勤奋工作着。

七绝《回诗友》则洋溢着浪漫主义情怀：“锦书跨海来，祝颂促怀开。墨浪飞诗瀑，天涯赏韵才。”生动的比喻，是增强诗歌形象的有效的表现手段，诗人用“墨浪”表现笔走龙蛇般的潇洒，“诗瀑”则是表现酣畅淋漓的诗行如瀑布一般倾泻而下。诗友的勉励给予诗人勇气与信心，他们彼此砥砺，一同分享创作的喜悦，这份诚挚的情义，十分感人。

中华民族是崇尚情义的民族，中国人历来以情义为重。从陈旭的诗中可以看到：真诚的友情是感人的，也是高尚的，它拒绝功利主义的浸淫，它体现了人与人之间的相互理解和真诚相助。

手捧如同城砖一般厚重的《历岁讴吟集》，我深深感到，陈旭写诗并非只是为自娱自乐，陶冶个人性情，增进道德修养。诗词名家蔡丽双博士有一首《读陈旭院长诗词》，其中有“荡胸长涌兴邦意，开卷常温励志诗。竹节松风妍岁月，素襟明德爱群黎”的佳句。从陈旭的作品和蔡丽双的题诗中，不难看出他从事诗词创作的原动力。陈旭热爱祖国灿烂的优秀文化，他有一种要把它传承下去的责任感和使命感。

拙稿仅仅是笔者拜读《历岁讴吟集》的一孔之见，敬请陈旭前辈哂正。

2019 年 8 月 5 日于上海

（作者系世界华文文学学会副会长，研究员，著名文艺评论家。）